陳志仰 著

消失中的臺語

我聽你咧歕龜

推薦序

府城　　謝龍介

　　近百年前，府城大儒連雅堂作臺灣語典時，不敢自慰且懼嘆曰：夫臺灣之語，日就消滅。傳統漢學（臺語），歷經日據時代乃至國民政府遷台後之政策失當，逐漸流失，惜哉。

　　漢學（臺語）傳自漳、泉二州，而漳泉之語傳自中國，源遠流長；凡四書五經、唐詩宋詞，皆可以漢學臺語頌吟出其典雅優美之音律。華夏文化最珍貴的遺產，迄今留存在咱的美麗寶島臺灣；近百年來，雖有濟濟有志之士投入漢學臺語、詩詞等探討研究，但臺語文字及呼音之保存，仍然日漸凋零、岌岌可危。

　　志仰兄投入大量時間與精力，收集諸多漢文俚俗語匯集成冊，並以十五音切音法為本，對詮釋優美典雅的漢學臺語，有莫大的助益；其精闢內容，堪為漢文俚俗語之經典，亦可作為漢學臺語教本之用，個人十二萬分的敬佩。

　　今民眾交流之間，漸減臺語之運用，或因年輕傳承日減，或因不識臺語音韻典雅及淵源之深，甚而對漢學臺語妄自菲薄，實令我輩有志者感慨著急。今聞　志仰兄願拋磚出冊義舉，個人藉此祝福，並深深期待更多有識之士，對漢學臺語繼續薪火相傳、進而發揚光大。

作者序

在路易莎寫完第400篇，闔上筆電，喝了一口涼掉了的咖啡，不想離開，也不能離開，因為突來的雷雨困住了我。

咖啡廳內輕音樂、磨豆機、還有客人吵雜的聊天聲，讓落雨聲和打雷聲變得模糊，只能透過落地窗外行人走路的腳步、拿傘的角度，判斷風雨的大小。看來短時間雨應該還不會停，我又點了一杯咖啡，我喜歡溫暖有溫度的感覺，繼續看著窗外的風雨、行人，也是發呆，也是沉澱，品著咖啡，也品著這幾年來寫作的心情。

前面的三輯，我經常是在「聽別人講話」的過程捕捉媽媽說過的話。這一輯「我聽你咧歕龜」，從去年「小滿」到「大暑」順利地寫了三分之一，卻突然陷入一個小漩渦中，因為「聽別人講話」已經鮮少讓我找到新的值得紀錄的詞彙；此外是有一些長輩們說的話，只有留下讀音，不易查考用字。

這小漩渦雖讓我暈頭轉向、找不到出路，所幸我沒有在漩渦中滅頂，一次一次我浮出水面呼吸的同時發現驚喜，找到不常使用或接近失傳的詞彙，我樂觀的認為我們不但可以留下並傳播它們的字音義，或許未來人工智慧及大數據或其他更聰明的技術可以幫我們找到散落各處未被尋獲的答案。

俗諺，也是我發現的額外驚喜之一。有許多有趣的俗諺，有

的很地區性、很鄉土的、很貼近庶民生活的，有的趣味性高、有的具實用性、有的有警世作用、有的富含人生哲理與智慧。這樣俗諺，某個程度上它有接近詩詞的特性——把單純的語言文字提升到另一個境界。第五輯也將是俗諺專輯。

網路上也有許多粉專討論台語文字寫法以及俗諺，多半是在問某個意思台語怎麼說、台語某個音是什麼意思，從留言來看，我們可以發現幾乎每一個詞彙都有許多人不知道怎麼寫、不知道怎麼讀，甚至不清楚它的意思和用法。但樂觀反面思考，台語不是一個完全被放棄的語言，還有很多人對她有濃厚的興趣。

我的臉書粉專也常有人會回應某個詞彙以前聽過或已經很久沒聽到，也會參與討論或提出意見，這是契合我寫《消失中的台語》的初衷。追蹤者中男女比例大約是55：45，各年齡層的分布也算平均，從數字上來看，還是有不少年輕人對台語是有興趣的，只要年輕一代有興趣，台語就有機會可以繼續流傳下去。

怎麼讓年輕人有興趣，是另一個值得探討的課題。大家都說學一種語言最好的方法是把自己丟在一個講那種語言的環境，用這語言思考，而不是做逐字翻譯；學台語也是，讓自己沉浸台語的環境氛圍，如果身邊沒那麼多人講台語，那麼，看戲劇，特別是布袋戲和歌仔戲，都是很好的方式，我常說國小學童的台語母語教學最簡單的方式就是讓小朋友一周看一齣布袋戲，我相信他們的學習興致一定很高，成效也會是。嘉義縣鹿草鄉後寮村的余慈爺公廟，每年都有數百棚布袋戲，歌仔戲也超過數十棚，延綿超過兩公里，這些戲是酬神用，但是如果也有觀眾豈不更好？記得有位余先生曾在臉書粉專留言說：「現在的宮廟，是文言文

及白話文（台語）傳承的地方。」確實宮廟與相關科儀祭典保留相當多的古典用法，是一塊可以探究瑰寶的地方，平民一點的戲劇，不豈也是。當學習台語變得輕鬆、變得自然，也就變得容易；同樣的，這也是寫《消失中的台語》的初衷。

　　雨停了，天晴了，出發往下一步走的時候到了。

目次

301
桶間寮

　　四、五年前我開始比較頻繁地回鄉下老家，我喜歡開車帶媽媽到鄰近的村落閒晃，看看海、濕地、白鷺鷥、粿葉樹……，順便買蚵爹、雪淇冰、粉粿、虱目魚粥……，媽媽偶而下車在很不起眼的地方拍拍照，跟我說當地的故事。鄉下就是這樣的地方，它承載了好多好多的過去，當我在聽媽媽口中這些故事的時候，故事的場景在我的面前，它們經歷了歲月風霜，可能是已經傾頹的房舍，可能是廢棄的鼓井或水塔，或是在微風中搖曳了幾十年的老樹……

　　這兩年，我喜歡在自己生長的村子裡散步，這也是我母親生活了一輩子的地方。村子裡的新建築不多，離開廟前的大街，幾乎都是「民式仔」三合院，它們並排在同一條巷子，巷子的對面是另一排房子的後門，奇特的是這巷子底端接著的是田，變成無尾巷，村子北邊就有五條這樣的無尾巷。

　　以前的房舍除了比較正式的「民式仔」，在偏僻一點的地方會有所謂的「虎尾寮」。「虎尾寮」是一個地名，也是一種建築的形式。

　　地名的「虎尾寮」是位在臺南市東區富強里到虎尾里一帶，

舊稱虎尾藔的區域，地名的由來有種說法是先民拓墾時期搭建一個個相連的工寮，夜晚從遠方看去，寮內的燈光形成好似老虎尾巴一節一節的樣貌。另外一種說法是這些工寮都是「虎尾寮」的形式，所以這區就稱為「虎尾寮」。

所謂「虎尾寮」形式的建築，與一般房舍最大的差別是大門開在側邊。但是為什麼把這樣的房子叫「虎尾寮」，我也不知道……。「笒仔寮」是放笒仔（漁網）的地方，但是「虎尾寮」應該跟老虎沒有關係，因為台灣沒有老虎。

有一種簡易的工寮蓋在魚塭上，叫「探更寮」，這是台南濱海地區早期漁村看守虱目魚的工寮，以前的虱目魚塭多半是淺水魚塭，冬天清晨時分，當太陽尚未出來時，魚塭水冰冷，溶氧量也較稀薄，虱目魚就容易死亡，而這些虱目魚面臨死亡前，都會浮上水面不斷掙扎張嘴呼吸，成為一種特別的聲音，此時守護在探更寮的人必須趕緊打開水門或水車打氧氣，讓塭水流動，以減少虱目魚死亡損失，因此，「探更寮」被認為具有探望的功能。

「探更寮」的樣子像半個桶，所以也有人依其桶型外貌，稱為「桶間寮」。

「桶間寮」現在很少見了，台南七股有個「溪南春」休閒度假漁村，以漁村特色結合生態旅遊，規劃不同的體驗區，也有許多民俗文物與藝品收藏。它還提供「桶間寮」的住宿，讓遊客體驗過去漁民的真實生活。

這裡也是以前媽媽喜歡來的地方，我記得它還有一個建在池塘上的大涼亭，上面擺了很多張五十年代小學生用的課桌椅，媽媽在這也拍過照。

後記。 ──────────────────────────────

感謝呂小姐回應說：「很溫暖的發文，我們鄉下孩子感觸良多！」陳先生也說：「記得小時候最愛跟四伯到西勢塭睡這種由茅草搭建的桶間寮仔，冬暖夏涼，會搭建在魚池中。」我相信這是許多鄉下小孩的共同記憶。

余先生提到：「應該古早古早時，虎尾寮是『滬尾寮阿』吧。古早有溪滬碼頭邊，暫囤貨倉寮。」這說法是可以參考，不過「滬」是第七聲，和我平常聽到的稍有不同。謝謝余先生。

302
貫鼻

約了幾個好久不見的朋友吃飯，有一位到了餐廳還沒坐下來就急著跟我們說：「台灣的兩性平權實在是過頭了！我剛剛在外面見到兩個男同志在親嘴，而且有一個還穿舌環。」

我們很習慣女生穿耳洞，後來也習慣男生穿耳洞戴耳環，然後再發現不論男的女的，穿一個還不夠，耳朵要穿三、四個洞，不但如此，肚臍、鼻子、舌頭、嘴唇、眉毛邊、乳頭，可以穿的地方都有人穿，讓我真的佩服這些人的勇氣。

鼻環讓我想起小時候農人養的牛，在牛還幼小的時候要先「貫鼻」，穿牛鼻的鐵片叫「牛鼻貫（牛鼻栓）」。由於牛鼻子被扯會痛，所以農人用牽牛鼻來控制牛的行動，也因為如此，以前人對於婚前任性，婚後較節制懂得負責任的男生也會用「貫鼻」來形容。不過，我想時下穿鼻洞的人應該不是這個原因去打洞……。「貫」，【輝三求】（kng-3，穿也、貫耳）。

牛繩是整套的，拉法和綁法有兩種，牛鼻栓兩邊的繩子拉到牛耳後綁起來，這叫「硬鼻」，硬鼻讓牛的後腦可以頂住牛繩，不會硬扯牛鼻，相對地牛就不容易控制，所以「硬鼻」被引申用來形容一個人冥頑不靈、固執、脾氣倔強。繩子不拉到耳後，直

接牽引牛鼻栓，稱為「軟鼻」，這種綁法牛會比較馴服聽話。

以前牛主人會隨身帶著一個木樁（或前端有圓洞的鐵條），放牛吃草的時候會把它釘在地上，把牛的鼻繩綁在這木樁，這根木樁叫「牛极」，「极」，【金四去】（khip-4）、【巾八去】（khit-8，牛极以柴插地者）。

「极」也有人寫「杙」，教育部《台灣閩南語常用辭典》就用這個字，例：「釘杙仔做界（打樁為地界）」教育部也說：車船邊木，用於堆高貨物防止掉落，也叫「杙仔」。基本上牛車是個平板，堆放貨物的時候為了防止物品掉落，會在兩側豎立木條，稱為「牛車杙仔」。「杙」，【經八英】，（ek-8），北京語字典說是「橛子」，指在物體平面上釘入或接細短的圓形物體，在牆上可以掛東西，在院子可以栓牲畜。因此「杙子」、「橛子」和「极子」是相近似的東西。

還有人說是「橜」，楊青矗先生編的《台華雙語辭典》所收錄，它的解釋與上面的「杙」相同，因此基本上這幾個字相通。但是在《彙音寶鑑》中，只有「极」字音是符合的。

架在牛背或脖子上以負載牛車或犁的拉力的器具，北京語稱「牛軛」，它的台語名稱是「牛擔」。

「牛擔」應該是「牛扁擔」的簡稱，「扁擔」二字一般讀做【君二邊】【監一地】（pún-taⁿ），例：「我來去提扁擔，加這个果子擔去賣（我去拿扁擔，好把這些水果挑去賣）。」

耕作機械化取代了耕牛的功能，牛車和耕牛在數十年前就很難見到。前幾天有個新聞，嘉義朴子有名老農，因為年紀大要退休，但不捨養了八年的水牛被送進屠宰場，因此到處尋求協助讓

水牛有個好的安置，最後協調由屏東崁頂護生園區收養；老翁牽著水牛走到接送卡車旁時，水牛頻頻點頭，似乎在對老農道謝，水牛還一度不想上車，讓老翁不禁淚崩……

本文拼音參考

漢字	十五音	羅馬音	台羅拼音	台語同音字
貫	褌三求	kǹg	kǹg	券、鋼
极	金四去	khip	khip	吸、笈
	巾八去	khit	khit	--
杙	經八英	ėk	ik	譯
擔	監一地	taⁿ	tann	今
	甘一地	tam	tam	耽
扁	堅二邊	pián	pián	匾、貶
	君二邊	pún	pún	本
	梔二邊	píⁿ	pínn	--

後記

余先生提供了「牛鼻箍兒」和「牛鈴瓏兒」的照片說：「記得我阿嬤古早的話，牛有靈性，牛為人耕田而有五穀，人應知報恩，真的至今，要我吃牛，我吃不下去。」

其實，我媽媽也是這樣的想法，她甚至不喝牛奶，有賣牛肉麵的館子她連進都不進去。

303
鄙相

　　我加了幾個討論書法的臉書社團，每天都會有同好分享他們最近的習作。昨天實在受不了了，退出其中兩個，原因之一是覺得有些人太隨便。我同意每個人的功力、專長的字體及審美觀不盡相同，而且大家是以鼓勵和推廣為出發點，藝術成就不應該是判定是否適合貼文的標準，但若是用報紙隨便寫一寫就拍照上傳臉書群組，真的太隨便、也不尊重閱讀者。再者雖然讚美是一種美德，但也不應流於奉承、鄉愿，許多人對於明明是有問題的作品也都大力稱讚，令我感覺虛偽、實在噁心，不禁讓我懷疑是否其居心叵測，想用假意的讚美誤導作者，不希望人家進步。

　　另外，自以為是的人是無法接受別人的批評的，以致有些人會放棄說真話。有一次某甲貼了一件作品，某乙建議他修正都用側鋒的習慣，在字的結構上也給了一些意見，說三點水的第二點要比第一點開、筆畫少的字要寫小……，但是某甲很不爽地回乙說：「聽你這樣說好像沒有一個字是可以的。」說真的，我個人認為某乙的批評是有道理的，但是看來某甲聽不進去，心裡受傷，覺得被「鄙相曷無一塊」。

　　「鄙相」的意思是「尖酸的諷刺、奚落」，有句俗語「敢

吃敢脹，不驚人鄙相」，是形容吃相難看。有些人建議寫為「譬相」，也有人說古字是「鄙視」，而「譬相」是日本人編《台日辭典》時把「鄙視phì-siùnn」誤植為「譬相」。這幾種說法未有定論，但是，「譬」，【居三頗】（phi-3），匹而論之，「鄙」，【居二頗】（phi-2），陋也、薄也、又編鄙也，就音義來看，「鄙」要比「譬」合理。

「伊加我鄙相曷無一塊好」是指「他把我數落得一無是處」，「無一塊好」是比較完整的說法，有時候會說得比較簡略：「伊加我鄙相曷無一塊」，相信初次聽到的人可能會聽不懂。

教育部《台灣閩南語常用辭典》說「譬相」近義詞是「供體」，因為在《台日詞典》收錄了「供體譬相」一詞。「供體」的意思是「以譬喻或含沙射影的方式罵人」，例：「伊更咧加我供體矣（他又對我冷嘲熱諷了）。」

有台語界的朋友說：「漢文『宮體』與日文『供體』，音近混淆。『宮體』是一種描寫宮廷生活的詩體，是在宮廷所形成的一種詩風，始於簡文帝蕭綱。蕭綱為太子時，常與文人墨客在東宮相互唱和，內容多描寫宮廷生活及男女私情，形式上追求詞藻靡麗，當時稱『宮體』，後來南北朝南人諷北人文體豔麗曰『宮體』。後人引申『嘲諷』曰『宮體』。」

「鄙相」還偶而有人說，「宮體」已幾乎聽不到了。我希望多多少少把以前的用語留下來，由於查考也不易，多少也會有失誤的地方，若您發現了就偷偷跟我說，別用力「宮體譬相」。

本文拼音參考。————————————————

漢字	十五音	羅馬音	台羅拼音	台語同音字
譬	居三頗	phì	phì	媲、俾
鄙	居二頗	phí	phí	否、痞

破嘴讒

　　從2014年起，台灣的公職人員選舉變成兩年一次，選總統和立法委員為「中央」層級，四年一次，而在兩次中央選舉之間有一次「地方」選舉，包括直轄市長、直轄市議員、縣市長、縣市議員、鄉鎮長、鄉鎮民代表、直轄市山地原住民區長、直轄市山地原住民區民代表及村里長等九類地方公職人員，一般稱為「九合一」選舉。

　　十一月又是九合一選舉，各個政黨都已經開始初選、提名，各黨在各縣市的狀況也很多。國民黨要由誰出馬選高雄市討論了很久，以為有韓國瑜的韓流經驗，似乎都會有機會把綠地變藍天，但也是韓國瑜被罷免的經驗，嚇壞了大家，故至今未有結論；被大家認為會代表民進黨角逐台北市長的陳時中，現在搞不好要換人了，這幾天吳怡農出來蹭聲量，不知道是不是另有目的；國民黨正式提名謝龍介選台南市長前也有小風波；撲朔迷離的桃園，羅智強要選，朱立倫硬是不同意，呂玉玲也表態要選，還有人說有金主要韓國瑜來光復桃園，前幾天又傳聞有大咖出線，結果今天突然宣佈提名是張善政，引起眾人錯愕，也在網路上強烈表達了支持或不支持的意見。

「支不支持」，我們在《偕厝邊頭尾話仙》冊第171篇〈應句四配〉聊過，表示支持的「佀」，台語用「佀」字，那如果不支持呢？

　　假設陳時中對選台北市長很有興趣，但是你認為他最近在防疫工作上表現荒腔走板，民意基礎和支持度都不高，所以你跟陳時中說不要選了，那麼，你就是去「讒」他，而這樣我會跟你說：「莫去加伊讒」，意思是請你不要去潑他冷水、別說服他取消念頭的意思。「讒」【甘五曾】（cham-5，破也、譖也），這個字可單獨使用，不過比較常聽見的是「破嘴讒」，例：「你莫去加伊破嘴讒。」這句話跟前面例句意思相同。

　　當然，你還是有可能不服氣，甚至會說他選不上啦，拼不過蔣萬安、黃珊珊，而且會輸到脫褲子！你這樣說就會被陳時中的支持者說你在「破格」、「破格嘴」。

　　「破格」在台語和北京語有完全不同的意思，八字中在「破月」出生的人台語稱是「破格」命。破格命的人常被指為崩敗命，掃帚星，命格帶有「鉸刀爿、鐵掃帚」，會給家庭帶來不吉利，例如：「伊實在有夠破格，事誌互伊沐著就失敗（他實在是掃把星，事情被他一插手就會失敗）。」所以，「破格」可以動詞也可以當形容詞用。而「破格嘴」是指人嘴巴常說不吉利的話，招來霉運，簡單來說就是北京語的「烏鴉嘴」。

　　當前台灣的選舉，選的不一定是賢能，除了有利益的糾葛還有民粹的操弄，所以，我們也都不需要為任何人擔心，不需要去「破嘴讒」，也不需要去「破格」，管好自己就好。

本文拼音參考。

漢字	十五音	羅馬音	台羅拼音	台語同音字
讒	甘五曾	châm	châm	--

305
取一支嘴

　　鳥頭牌愛福好有個令人印象深刻的廣告，開貨車的先生車子發不動，跟朋友抱怨老婆不讓他買新車，他說：「講著阮某，天就烏一爿，我也不是無錢，對不對？買一台新个又更按怎？」

　　鏡頭轉到太太，她說：「沒內才更嫌家私醜，車無油，你是叫伊欲按怎走？查甫郎，千萬不通賭[1]一支嘴啦。」

　　聽說這個藥當初是以婦女妊娠營養補給品申請廣告許可，卻當壯陽藥品宣傳。演太太的藝人林美秀和這片子導演吳念真在廣告播了十二年之後遭檢舉違反《藥事法》，被衛生局證實違法，開罰二十萬元。但無論如何，這廣告slogan早已紅透半邊天，廣告效果遠大於二十萬。

　　「賭一支嘴」是剩下一張嘴，只會嘴砲完全沒有具體行動。以前有一句話更為傳神：「賭一支嘴咧展孝！」這個場景可能是某甲對某乙很不滿，但是又不敢去找某乙幹架，只敢持續出聲叫囂；這也可以用在「耍嘴皮子」的情況。

　　有些人說「出一支嘴」，例如說「伊出一雙手，我出一支嘴」，聽起來真像「有錢出錢、有力出力」，真好。

　　不過我記得小時候比較常聽到的是「取」。「賭」、「出」、

「取」三個字讀音有點近似，但意思是不一樣的，這個「取」有「只有」的意思，例如一個小孩只是一直吃，什麼事都不做，大人會罵他：「取食！」或是一個學生貪睡，不念書、不複習功課，大人會罵他：「規日取睏（整天只睡覺）！」

「取」加上「一支嘴」，就變成「取一支嘴」，就是「只有一張嘴」的意思。「賰」，【君一出】（chhun-1）、「出」，【君四出】（chhut-4）、「取」，【龜二出】（chhu-2），三個字的讀音近似，意思也都說得通，不過古典的用法是「取」。

其實有時候只有一張嘴也不一定就會失敗。去年蔣萬安槓上蘇貞昌，某電子報有一篇批評蘇貞昌的文章，標題是「一支嘴，胡累累」、「一支鑽石嘴，輸贏攏靠伊」，看了令人會心一笑。

「胡累累」也有人寫做「胡纍纍」，甚至「胡蕊蕊」，這我沒意見，因為沒有確實的證據或說法來證明，也都只是「打嘴跑」，我也無意「嘴」別人，不然到時候搞不好有人會說我「取一支嘴」。

本文拼音參考。

漢字	十五音	羅馬音	台羅拼音	台語同音字
賰	君二出	chhún	tshún	蠢
	君一出	chhun	tshun	春
嚁	茄一出	chhio	tshio	唷
出	君四出	chhut	tshut	齣
取	龜二出	chhú	tshú	此

後記 ◆

　　余先生回應：「阮，《漢典》解釋，義非『我們』，而『我俺』連音字好像較合理。台語和英語，都有類似連音字的狀況，我－俺的音義，把我及我覺得這群和自己人的這群體，箍成做伙，所以成我們。」

　　「俺」字讀「干二語」（gan-2）的音，是蠻有可能的，只是兩個字都是「我」，令人想不透。分常感謝余先生的意見分享！

　　余先生應補充道：「另一解，『我』－『們』，漳泉音看場合唸音，我同吾，們同文，『吾文』，連音字成音同『阮』。」台語有個蠻特殊的現象，很基本的你們、我們、他們代名詞都需要好好研究。

註釋
1. 「睧」是【君二出】（chum-2）的音，「富也、厚也」。

306
畏小人

公司剛成立的時候，總經理安排了一個會議讓各部門主管對董事長做自我介紹。我不相信董事長一下子可以記住這麼多人，而且會中幾乎都是董事長在講話，不如說是董事長在對各個部門提出他心中未來工作方向與期待的說明會。

我負責業務與服務部門，我自我介紹完後，董事長問我：「你怕不怕狗？」然後，他開始講業務必須要有不畏艱難的精神，並且舉了個業務拜訪客戶被狗追的例子。他講得頗開心，而我就站著聽，到他講完話我都沒有機會說話，我本來還在想他是不是會問我個性外向還是內向這種基本問題。

我是個不算外向的人，其實根本挺內向的。「內向」，台語說「驚見笑」、「驚歹勢」或「閉思」，但是這個「閉思」的寫法，有很多不同的看法，包括「祕思」、「閉肆」、「閉俗」、「秘四」，不過我並沒有看到有誰對某一種寫法有確切的論述，約莫都只是去找貼近的讀音，對於用字並沒有較具說服力的解釋，個人覺得或許「秘伺」比較適當，這我們在本冊359篇〈秘伺〉討論。

教育部《台灣閩南語常用辭典》的建議是「閉思」，它說

釋義為「個性內向、害羞，靦腆的樣子」，例：「這個囡仔較閉思，你不通傷歹，會去加伊嚇驚著（這個孩子比較內向害羞，你不要太兇，會把他嚇著了）」。異用字為「秘四」。

「秘四」怎麼跟「內向、害羞」連在一起，這恐怕需要很優異的想像力。但是，「閉思」其實也讓人搞不懂，是「思想封閉」嗎？「閉」，【居三邊】（bi-3）；思，【龜一時】（su-1）或【龜三時】（su-3）。

有個現在比較少用的詞，值得介紹一下。

賴清德有一次在受訪中談他成長歷程時說：「我個性的確比較內向，畏小人，很難跟別人打成一片，這是事實。但不管我當台南市長，或者行政院長，我有明確的方向，就是『發展經濟、壯大台灣』，有了明確的方向，同事就會知道基於國家的進步，必須要團結。」

他說的「畏小人」是「怕生、羞澀」的意思，跟「驚生分」是同一個意思，除了「畏小人」，還有「畏小禮」、「畏羞禮」的說法，都是「閉思」。

其實，董事長如果給我機會，我會跟他說，幹業務的是不是「閉思」、是不是「畏小人」，都不是重點，怕不怕狗更不是重點，重點是要有方法。養狗的人都不會有「怕狗」的問題，我有個愛狗的朋友，她跟我說要知道如何與狗相處、如何跟狗「說話」，我學她那種講話的態度與聲調試了幾次，真的管用！所以，聰明的業務是要懂得掌握技巧，而不是暴虎馮河，呆呆地以為靠著不斷的努力就能「精誠所至，金石為開」。

本文拼音參考◦

漢字	十五音	羅馬音	台羅拼音	台語同音字
閉	居三邊	bì	pì	秘
思	龜一時	su	su	私
	龜三時	sù	sù	賜
	居一時	si	si	司

扴空

　　台灣汽車自主品牌納智捷剛上市的時後，就有人開他品牌名稱諧音的玩笑，說是「那隻賊」，或用台語說「哪會這隻」。

　　汽車品牌名被開玩笑，還有別的例子：豐田Toyota是「頭又大」，買了這車又會讓你頭大了！賓士Benz被稱為「免撸」；有個同學買了一台瑪莎拉蒂Maserati，因為常有毛病，開了兩年忍痛賣了，真是「目屎若滴」。

　　美國通用汽車GM旗下的品牌中，Oldsmobile叫做「朽死無比」[1]，另一個品牌凱迪拉克Cadillac被叫為「扴著落起來」。（「落起來」通常連音。）

　　「扴」這個字並不常見，《集韻》說「扴」音牙，扴扴，不正貌。又：丘加切，與扝同，挹也。

　　台語中這個字，當作「卡住」，例：「我的嚨喉扴著一枝魚刺（我的喉嚨卡著一根魚刺）」或是指「不通順的、不順暢的、不和睦的」，例如：「這個門抴[1]著扴扴（這個門拉得不順暢）。」也就是大家北京語說的「卡卡的」。

　　「刀扴」是放刀子的架子，通常是兩條細夾板，中間有個縫，刀刃穿過縫，刀柄卡住刀子不會掉下去，這叫「刀扴」。

「扡」也用在碰傷或刮傷，開車的時候不小心碰到周圍的物品可以說「扡著」，「扡著落起來」就是說「因為碰到、刮傷而掉落」。

「扡阬[2]」也是一個現在很少用的詞彙，意思是「過節、不合」，通常會說與某人「有扡阬」，表示與某人有過節。

《彙音寶鑑》：「扡」，【嘉五去】（khe-5，抗也），又讀【嘉八語】（geh-8，塗扡壁面）。

有一個詞讀做「【迦一去】阬」，意思是「刁難、為難」，勸你不要刁難人會說不要「【迦一去】人」。

《彙音寶鑑》中【迦一去】的音有「單」和「奇」兩字，都不是這個意思。《集韻》說：「扡」或作「搯」。北京語中「搯」做動詞是「夾住、卡住」，例如鞋子太小會「搯腳」，也當作「故意刁難」，例如「搯人」。而這個「搯」字，台語有兩個讀音，【經四去】（khek-4，）和【嘉四去】（kheh-4）解釋為「手把箸也」。從北京語「搯人」作「故意刁難人」的解釋是符合的，台語讀音雖不同但還滿近似的。

另外有個字，「諆」，《集韻》《類篇》：居宜切，音羈，語相戲。又《字彙》：區里切，音起，妄語。這字也可以參考做「諆阬」用。

有位高一時的同學看到「消失中的台語」從臉書跟我連絡上，前幾天相約吃早餐，聊了一些往事。我想起他高中時每天早上拿著一本英文字典背單字，我今天真的發現「讀字典」的妙用：查「扡」的時候發現與「扡」相同讀【嘉八語】（geh-8）音的字有一個是「訝」，解釋是「嘲笑曰訝」，真的讓我有些

驚訝！

　　請不要「訝」我連這個字都不懂，我會生氣，跟你會「有扴空」。

本文拼音參考◆

漢字	十五音	羅馬音	台羅拼音	台語同音字
扴	嘉五去	khê	kê	--
	嘉八語	geh	geh	訝
搿	經四去	khek	khik	曲
	嘉四去	kheh	khek	客
裿	迦一去	khia	khia	奇
訝	嘉八語	geh	geh	--

註釋

1. 「拽」，【瓜四他】（thoah-1），拉、牽引，後人多做「曳」或「拽」。《楚辭 湘君》就有「桂拽兮蘭拽」。
2. 「阢」現在多被「空」替代。
3. 「朽」，音【交一英】（au-1），請參考《偕厝邊頭尾話仙》冊167篇〈朽步〉。

308
起報頭

我外婆有個綽號，「罕仔報」，要解釋這個綽號需要花點時間講故事。

六、七十年前，台灣農村居民的主食還是番藷籤，農人在番藷收成的時候把番藷運到廣場邊，通常學校的操場是最好的場地，晚上開始鑤番薯，隔天一早把番藷籤鋪在操場曬乾。曬幾個小時後用掃把翻面，免得一邊乾一邊不乾。曬乾後的番藷籤就裝起來放在穀倉，成為未來一年的主食。當天就能曬乾是最好不過的，但是若曬到一半下雨，就得趕快把番藷籤收起來，否則容易壞掉，這叫「搶番薯籤」。

我念國小的時候，雖然大家有白米飯可吃了，但是農民還是種番薯，學校操場還是常常借給村民曬番薯籤，只不過大多是當豬飼料用。有村民要借用操場時我們都很開心，因為這樣就不用到操場升旗，只要整隊在教室走廊就好了。但是如果遇到下雨，被搶救下來的番藷籤都會被堆在走廊，我們就沒地方玩，又要忍受很臭很重的酸霉味。

冷鋒過境時天氣驟變，烏雲密布，氣溫下降，風大雨急這種情形，台灣話叫做「起報頭」。教育部《台灣閩南語常用辭

典》解釋說：「風暴將來的兆頭，泛指氣候變化的徵兆」，例：「風颱欲來矣，咧起報頭矣（颱風快要來了，風暴的徵兆出現了）。」但從台語有「報頭」、「報尾」的相對詞來看，「報頭」的「頭」可能「不是兆頭」，而是指風暴（颱風）開始的那一段現象。

《淡水廳志風信》：「其在三月，……初九，是日為玉皇暴。……。其在三月，……廿三為媽祖暴。……春令三十六暴，此其大者。」一般認為這裡的「玉皇暴」就是「天公報」，「媽祖暴」就是「媽祖報」。

古漢語就有「報」、「報風」這樣的用詞，另外《辭源》說「暴風」：疾猛的風，也簡稱為「暴」。有些專家研究許多韻書對於「報」與「暴」的反切，認為基本上「暴」與「報」同音，而這也許是變成「報」被用來記錄「暴（暴風）」的原因。

再說說我的外婆吧！在這些容易下雨的期間也剛好是番薯收成的時節，她每次曬番薯籤雨就來了，所以村子有人給名字為「罕」的外婆取了個綽號叫「罕仔報」。

另外，「穀倉」或是「粟倉」，很多人會以為是「穀亭囤」（這名詞有人寫為「古庭笨」，也有人寫為「古亭畚」，但是「穀亭囤」應該比較合理），不過，這玩意兒是有錢人家才會有，一般人是在房間後面隔一個「畚間」（依照「穀亭囤」的說法，應該是「囤間」）。

前天有個朋友在臉書上說他洗了車，又下雨了，呵呵，改天叫他「Jack報」。

本文拼音參考。————————————————

漢字	十五音	羅馬音	台羅拼音	台語同音字
報	高三邊	pò	pò	播
暴	高七邊	pō	pō	--
	公八頗	phȯk	pȯk	瀑
畚	君二邊	pún	pún	本
囤	君二地	tún	tún	盾

309
凹凸

　　春天，在家鄉附近有不少賞花景點，每年都吸引很多賞花的遊客，我們村子外的木棉、佳里的黃花風鈴木、西港的花旗木，接續盛開，令人應接不暇；進入夏天，鳳凰花又緊跟著開了。

　　木棉、黃花風鈴木和花旗木開花期沒有樹葉，整棵樹都是花，花樹成排非常好看。木棉是大家比較熟悉的，黃花風鈴木在台南市區也相當多。花旗木又名泰國櫻花、平地櫻花或三月櫻，英文名子是Pink shower tree，是粉紅花灑之樹的意思，台南市西港區金砂里是這幾年新興的賞花旗木網紅景點。金砂里是因著有個砂丘而得名，傳說中這沙丘是一夕之間從麻豆區大山腳吹來的砂堆積而成的，沙丘下方凹陷的地方稱為「砂凹仔」，是人們居住的區域，所以「砂凹仔」是這庄頭的舊稱。

　　「凹」字，《彙音寶鑑》標【甘四他】（thap-4，今作地塌字用）。不過，一般常用的（包括教育部《台晚閩南語常用辭典》收錄的）是【甘四柳】（lap-4）與【監四柳】（nah-4）的音。像這裡說的「砂凹仔」，以及高雄市捷運紅線有一站「凹子底」，它們的「凹」都唸【甘四柳】（lap-4）。

　　「凹」的另一個音【監四柳】（nah-4），向下陷進去，

例：「這塊雞卵糕攄一下煞凹落去（這塊蛋糕被叉一下，居然凹下去了）。」還有「鼻子塌陷」也是用這個字，例：「這個凹鼻个尪仔誠歹看（這個鼻子塌陷的洋娃娃很難看）。」

「凹」的反意字「凸」，《彙音寶鑑》標示【君八地】（tut-8），有趣的是教育部的《台灣閩南語常用辭典》並沒有收錄這個字，而表示「凸起」意思的字是用「噗」（phok），教育部舉例說是「被蚊蟲類叮咬後的腫泡」，例：「我互虻仔叮一噗（我被蚊子叮了一個疱）。」或是「東西凸起來」，例：「壁有一位噗起來矣（牆壁有一處凸起了）。」或是形容東西凸凸的，例：「目睭噗噗（眼睛凸凸的）」。但是「噗」應該是個狀聲字，手掌的拍打聲叫「噗仔聲（掌聲）」，「心肝噗噗跳（心臟蹦蹦跳）」是形容心跳的聲音，拿來當作「凸」是蠻奇怪的。

照教育部的意思，「噗」應該是唸做【公四頗】（phok-4），但是《彙音寶鑑》字未收錄這個字。教育部說近似字是「膨」，而「膨」又唸【經五頗】（pheng-5）。

倒是《彙音寶鑑》中有幾個唸【公三頗】（phok-3）的字，其中有一個是「胖」，脹也、大也，這個字要比「噗」或「膨」合適些。可是我還是不能理解，教育部的《台灣閩南語常用辭典》，「凸」就這樣硬生生地不見了！它明明很常用。

凹凸這兩兄弟還真難搞。

本文拼音參考。——————————————————————

漢字	十五音	羅馬音	台羅拼音	台語同音字
	甘四他	thap	thap	--
凹	甘四柳	lap	lap	--
	監四柳	nah	nah	--
凸	君八地	tút	tút	突
噗	公四頗	phok	phok	博
膨	經五頗	phêng	phênn	彭
胖	公三頗	phòk	phòng	椪

310
壅

　　老哥說天氣變熱了，趁著一大早較涼且有點樹蔭時整理一下庭院，但是沒注意到一棵紫藤爬滿了紅螞蟻，身上和手臂被咬了好幾疱，只好停工再想辦法處理。後來發現樹下有個螞蟻窩。

　　「螞蟻窩」通常台語稱為「蚼蟻岫」，也可以說「蚼蟻壅」。「岫」字在《偕厝邊頭尾話仙》冊151篇〈暗頭仔〉提過，這裡來聊「壅」。

　　李時珍《本草綱目蟲二蟻》：「蟻壅土成封，曰蟻封，以及蟻垤、蟻塿、蟻冢，狀其如封、垤、塿、冢也。」他講的是「封垤」，白話是「墳狀隆起的小土堆」。《國語》〈周語〉：「防民之口，甚於防川。川壅而潰，傷人必多，民亦如之。是故為川者決之使導，為民者宣之使言。」這裡的「壅」是「壅塞」，它說河川壅塞會潰堤。所以，「壅」變成螞蟻所築隆起的窩，還真的有點奇怪，難道是「一群螞蟻塞在裡面」？所以，「蟻封」可能是比較正確的用法，「壅」被拿來當作是「窩」或許是某個時候發生的一個誤會沿用至今。「壅」，【恭三英】（yong-3）或【經三英】（ying-3）。

　　除了「蚼蟻壅」，比較常用到的是「肚伯仔壅」。台語

俗稱的「肚伯仔」是「螻蛄」，是多種直翅目螻蛄科昆蟲的總稱，又名螜（音同「轄」）、螰（音同「窒」），俗稱天螻、仙姑（仙蛄）、蝲蛄、蝲蝲蛄，臺灣俗稱蠹蚅（度比仔或肚伯仔）。香港稱土猴，台灣也有人稱牠「肚猴」，牠們比一般蟋蟀要大，所以又稱「台灣大蟋蟀」。「肚伯仔／肚猴」與「蟋蟀」有幾個習性差異，「肚伯仔」挖地洞棲息，會造成灌溉用水流失，而且牠們以農作物的根系為食，常常秧苗被螻蛄挖掘枯死，所以被視為害蟲，人們抓「肚伯仔」來吃算剛好而已。抓「肚伯仔」的時後先找到「肚伯仔甕」，用大量的水灌進去，稱為「灌肚伯仔」或「灌肚猴」，然後「肚伯仔」要逃生就會跑出來。

而「蟋蟀」通常是在綠豆田穿梭，待在洞裡的時間比較少，所以通常是用「欱」的。「欱」，【甘八喜】（hap-8），是「用雙手合掌捕捉」的動作，例如：「我用手欱著一隻蝶仔（我用手撲到一隻蝴蝶）。」（也可以用來表示「大口吃東西、吞東西、咬東西」，例如：「伊一嘴就加肉欱落去（他一口就把肉給吞了下去）。」

抓到的蟋蟀可以相鬥，鬥蟋蟀前要先對牠「挑釁」激起他的鬥志，牠鬥起來才會兇猛，有的蟋蟀只能撐幾分鐘，俗稱「黑龍仔」的黃斑黑蟋蟀是常勝將軍，可以鬥上半小時。鬥場上贏的蟋蟀會拍打翅膀發出「嗤、嗤」聲。

走在溪邊或溼地，或許會發現以洞為家的「毛蟹甕」，牠的家的旁邊會有一顆一顆的泥巴球。這是因為牠們口腔內還有兩對口器，刮走黏附在沙粒上的有機物，然後把無法吞下的沙粒推送

到口腔外面，再用螯足把它從嘴邊取下，丟在地面。這些丟棄出來的沙團子，像是糞便狀，因此亦稱「擬糞」。

本文拼音參考。

漢字	十五音	羅馬音	台羅拼音	台語同音字
甕	恭三英	iòng	iòng	擁、映
	經三英	èng	ìng	應
欱	甘八喜	ha̍p	ha̍p	合
	甘四求	kap	kah	甲

311

爭差

　　我喜歡到轉角的公園散步、運動，在這公園運動的人很多，早上有跳排舞、元極舞、打太極拳、練返老還童功、武術和打羽毛球的，下午和晚上是年輕人打籃球、慢跑和做健身操的族群，假日還會有小朋友溜冰、溜滑梯，頗有活力。每天一大早公園的外面也是熱鬧非凡，許多自己種菜或做各種手工食品的在這裡擺攤。有些賣菜的阿婆只是鋪一張塑膠墊在地上，放一些地瓜、竹筍或幾樣青菜，一袋一袋的，連磅秤都不用，就可以開始做生意。由於菜都是自己種的，所以都有議價空間。

　　今天一早出門，天空開始飄雨，公園門口的攤販開始躲雨或準備收攤。有位太太跟一位阿婆買了一些菜，阿婆急著要回家，所以跟這位太太推銷她沒賣完的菜，要她多買一點，也可以賣便宜一點，反正「無爭差外贅」。

　　「爭差」是「相差」、「差異」的意思，教育部《台灣閩南語常用辭典》建議用字是「精差」，而把「爭差」當作是異用字，說「精差」是：「二者之間的差異」，例：「價數精差無外贅（價錢差不了多少）。」也做「差別」，例：「這兩種有啥物精差？（這兩種有什麼差別）？」

「無爭差」則指「沒差、沒差別。不多不少、剛剛好」，例：「彼台冷氣攏未涼，有開無開無精差（那臺冷氣都不會涼，有開或沒開都沒有差別）。」阿婆說「無爭差外濟」就是「沒差多少」。

　　關於「精差」與「爭差」，我比較贊成用「爭差」。「走精」基本上是有一個標準，偏了、失了準頭、離開了原來應有的準確叫「走精」；「爭差」是指兩個獨立事物間的差異，「爭」有「比較」的意思，「差」也是，「爭差」比較適合當「相差」、「差異」用。所以，我個人認為「爭差」不是「精差」，而「走精」應該也不是「走爭」，更不會是「走鐘」[1]。

　　說到價格的差異，北京語說「差價」，台語除了「價差」還有個特別的詞彙叫「價腳」。《臺日大辭典》提到台語的「價跤（腳）」是「值段[2]の開き。值段の差額」，也就是「價差」[3]。

　　有些生意人是賺轉手的差價，臺語說「趁價腳」，還有另一個有趣的說法叫做「踏價腳」；「價腳踏足高」的意思是價差疊加很高，公園這裡賣菜的阿婆不會「價腳踏足高」，放心，因為菜是她自己種的，賺的是她自己辛辛苦苦種植收穫的收成，不是跟人家切貨來「踏價腳」的，有機會來要去捧捧場，多郊關[4]喔！

本文拼音參考。

漢字	十五音	羅馬音	台羅拼音	台語同音字
爭	經一曾	cheng	tsing	征
	更一曾	che^n	tsenn / tsinn	--
精	經一曾	cheng	tsing	貞
	驚一曾	chia^n	tsiann	正

註釋

1. 請參考《偕厝邊頭尾話仙》冊171篇〈應佮四配〉。
2. 「值段」，日語念ねらん。
3. 網路上有些漢英字典把「價腳」解釋成「價格」，應該不太適當。
4. 請參考《講一句較無輸贏的》冊226篇〈郊關〉。

312

重紃

PTT上看到一篇文章，有句話讓我不太開心。

這篇發問大概是這樣：「『雙眼皮』，各位版大、鄉民都知道叫（頂ㄙㄨㄣˊ），『頂』寫為『層』、『ㄙㄨㄣˊ』是『痕跡』，意思是有雙層痕跡的眼睛?!（可以醬說吧～@@）那『單眼皮』呢？到底單眼皮的台語要怎麼表示呀???難道就只有很簡單的（哖頂ㄙㄨㄣˊ）嗎？？？台語應該沒這麼淺吧……0.0』

這位仁兄打心裡認為台語很淺，讓我不開心。不開心歸不開心，我也不想花太多時間嘴他。名詞不一定全部都要有相反詞，舉簡單的例子，腳跛了你叫他瘸子，眼盲了叫他瞎子，沒跛叫什麼？沒盲叫什麼？中國的「孝」在英文沒有一個單字可以表達，你也說英文很淺嗎？寫出「哖頂ㄙㄨㄣˊ」，淺的是你！

「雙眼皮」的台語用字，教育部《台灣閩南語常用辭典》建議為「重巡」，並舉例：「伊的目睭重巡，真美（他有雙眼皮，真漂亮）。」

「巡」音【君五時】（sun-5），音是對，但意思是「視行」，所以「重巡」的寫法應該有問題。教育部《台灣閩南語常用辭典》有收錄一個異用字—「重紃」，它反而比較合理，一

來音是對的，二來《康熙字典》：「組紃俱為絛。薄闊為組，似繩者為紃。」簡單來說是指圓形的帶狀物。（有些人寫為「重痕」，但是「痕」是【君五喜】（hun-5），是痕跡，意思不太相同。）

陳盈潔有一首歌，「必巡的空嘴」，「必巡」是「產生裂縫」，「裂縫」是一條長長的帶狀，所以可以用「紃」，其實用「痕」也通。

而動詞「裂」，教育部寫為「必」，教育部說「必岔」是指「尖端裂開分叉」，例：「筆寫曷必叉矣（筆寫到分叉了）。」怎麼看都覺得「必」是個錯字；倒是教育部《台灣閩南語常用辭典》說「必岔」的異用字是「玻叉」，而這「玻」卻又是比較合理的字。《康熙字典》說〈揚子方言〉：「南楚之閒，器破未離謂之『玻』，又同『岐』。」「岐」【巾四邊】（pit-4）。這是很奇怪的事，我們的教育部老是捨棄正確的字而選用不合理的錯字！難怪讓有些人會覺得台語很淺……

「單眼皮」一般就稱「無重紃」，這就跟有酒窩或沒酒窩類似，沒有酒窩難道要有一個名字？「酒窩」台語叫「酒窟仔」。

或許你會問「梨渦」呢？呵呵，很抱歉，「梨渦」也叫「酒窟仔」。

本文拼音參考。

漢字	十五音	羅馬音	台羅拼音	台語同音字
頂	經二地	téng	tíng	等
層	經五曾	chêng	tsîng	情
	干五曾	chân	tsiânn	殘

漢字	十五音	羅馬音	台羅拼音	台語同音字
巡	君五時	sûn	sûn	旬
紃	君五時	sûn	sûn	巡
必	巾四邊	pit	pit	畢、筆
岐	巾四邊	pit	pit	畢、筆
痕	君五喜	hûn	hûn	魂
窟	君四去	khut	khut	屈

313
憺憺

　　這幾個星期村子北邊頗為熱鬧，繼前一陣子在台南東山區發現一隻「董雞」後，這裡也出現了三隻，每天都吸引大群愛鳥人士扛著大砲來追這稀有的夏候鳥。

　　董雞，屬秧雞科，又名「田董」，董雞繁殖期間，公鳥常發出響亮的「董、董、董」像打鼓的鳴唱聲，農民稱之為「田董」。台灣在早期還算常見，主要棲息在沼澤或稻田中，以水生昆蟲為主食，惟因農藥使用氾濫、棲地遭破壞，在台灣變成稀有的夏候鳥，連在中國大陸，2000年時牠也被列入「國家保護的有益的或者有重要經濟、科學研究價值的陸生野生動物名錄」。

　　因為稀有，因為好久不見，知道牠的台語名稱的人可能也不多。攝影家吳淵源老師說牠叫「水腳丼」。

　　「水腳」[1]兩個字的由來可能很難查考，但是「丼」卻是不言而喻。「丼」臺語讀做【甘三地】（tam-3），解釋為「投物井中聲也」，它跟「田董」的「董」一樣，都是用來模擬牠「董、董、董」的叫聲。

　　回家這幾天也跑去湊熱鬧，想看看能不能一瞥許多賞鳥專家賞了數十年也沒見過的鳥兒，不然至少也親身聆聽一下那「董、

董、董」的叫聲。無奈牠生性膽小，常躲在高大茂盛的草叢中，只露出一個頭，一有風吹草動就會快速尋找地形地物進行隱蔽，所以不太容易發現牠。

關於「膽怯」，台語有一個目前也不太常用的形容詞——「憺憺」。「憺」有三個讀音，這裡通常讀【甘二地】（tam-2）的音。很有意思的是，這個字可當「安然」用，《楚辭》〈東君〉：「觀者憺兮忘歸」，意思是「安也」；也可當「震動，使人畏懼」用，《漢書》〈李廣傳〉：「是以名聲暴於夷貉，威棱憺乎鄰國」；兩者根本是兩種完全不同的意思。

「憺憺」是「怕怕的」的意思，例：「半暝仔一个人行路轉去，心肝內小括憺憺（半夜自己一個人走路回家，心裡有點怕怕的）。」然而因「憺」也有【甘二地】的讀音，所以連教育部《台灣閩南語常用辭典》都寫為「膽膽」。

中醫名詞中有：「『心中憺憺大動』，形容心臟劇烈跳動，有空虛感。多見於溫熱病的後期，因陰盧水虧，虛風內擾，心神不能自主所致，常伴有手足蠕動、神倦脈虛等心腎陰虧、肝風內動的症狀。」台語「憺憺」是在形容有點膽怯，想嘗試，但是心裏沒有把握的狀態，心裡害怕所以心臟跳動快。字典也說「憺憺」的「憺」，同「憚」。「憚」：怕、畏懼。《楚辭》〈屈原離騷〉：「豈余身之憚殃兮，恐皇輿之敗績。」《晉書》〈卷四五劉毅傳〉：「毅幼有孝行，少厲清節，然好臧否人物，王公貴人望風憚之。」而「膽」是指「勇氣」、「不怕兇暴和危險的精神」，我們說某人「胖胖的」，那他會瘦嗎？說他「醜醜的」會是漂亮嗎？那「膽膽」會是怕怕的嗎？因此「憺」字要合理

一些。

話說我連兩天去找董雞，想一探牠廬山真面目，但事與願違，不過，起個大早，走在田間產業道路，隨處可見白鷺鷥、高蹺鴴、紅冠水雞，令人心曠神怡。回台北前，哥接到淵源老師來電，請哥去跟里長請託，聯絡一下地主暫時不要耕地，讓董雞可以順利孵育。這樣，或許牠們每年就都會再來，大家就有更多的機會聽見「董、董、董」的叫聲迴盪在將軍田野間。

本文拼音參考。——

漢字	十五音	羅馬音	台羅拼音	台語同音字
丼	甘三地	tàm	tàm	擔、担
憺	甘二地	tám	tám	啖
	甘七地	tām	tām	淡
僤	千七地	tān	tān	但
	官七地	toāⁿ	tuān	段
膽	甘二地	tám	tám	憺
	監二地	táⁿ	tánn	打

註釋 ——
1. 有一種說法：廚師身旁有些幫忙切菜、洗菜、洗碗、上菜、打掃的臨時幫傭，台灣南部稱為「水腳」。

314
擼拹

　　村子東邊路口有一座水塔，建於民國五十四年，是自來水進到我們村子的里程碑，但是，那不等於家家戶戶都有自來水可用。當時父親跟學校老師合作，把竹竿中間的竹節打穿當做水管，一段一段從村子東把自來水接到村子西的學校，學生才有自來水可以用。

　　說到台灣自來水的歷史，西元1896年，臺灣總督府委託英籍技師巴爾頓（William Burton）來臺進行衛生調查及水道建設規劃，這是臺灣自來水發展的開端。自來水的台語稱為「水道水」，是日語すいどうすい來的；「水龍頭¹」台語叫「水道頭」。

　　西元1899年，巴爾頓因視察工程感染瘧疾等多種疾病病逝，由學生濱野彌四郎接續執行。1907~1909年間，設置了觀音山淨水廠，取水口、輸配水管、淨水池、配水池陸續完成，觀音山淨水廠開始供水，臺北自來水邁入現代化。

　　台灣的自來水從台北出發，走了70年才走到我們村子。在那之前，水資源是很缺乏的。

　　或許你會說以前有「水拋仔」呀！還有「鼓井²」。

也是。「水搉仔」是1920年代，日本津田喜次郎在廣島生產的手壓式泵浦（手押しポンプ），津田喜次郎的兒子津田正雄，在嘉義蒜頭糖廠擔任五分車司機，他帶著四名臺灣人去廣島學習手壓泵浦的生產技術，並回臺灣推廣這被稱為「水搉仔」的手壓泵浦，讓人們在家裡手搖一搖就有甘美的地下水冒出來，大大改變民生用水的型態。

　　「搉」台語讀【兼八喜】（hiap-8），「摧折」的意思。《說文解字》解釋「摺也，一曰拉也」。又《集韻》《正韻》：丛落合切，與拉同，或作摺，又作搉。教育部《台灣閩南語常用辭典》：「把東西前後左右用力的搖晃，使其變鬆，例：搉鐵釘仔（搖動鐵釘）、搉嘴齒（搖動牙齒）。」

　　但是並不是每個地方都會有地下水可以抽，像我們村子因為靠海、土地鹽分多，鑿井或抽出來的地下水，很多都是鹹水。「鑿井」的動詞臺語用「挵³」。「挵」同「挵」（lòng），從字形來看，它挺有趣的，手的動作，又上又下，鑿井的時候就是這樣！我們曾在《偕厝邊頭尾話仙》冊102篇「耗造」提過：「『撨摵』很有意思，『撨』是在同一個水平的位移，而『摵』是上下的位移。」「搉」是左右的搖晃，有個「撸」是上下的滑動，小時候牙齒晃動快要掉了應該是寫為「撸搉」。

　　在有自來水之前，洗衣服要到水圳，更早之前靠的可能是池塘的水，水井不是家家戶戶都有，過去真的是很寶貴的資源。

　　習慣有水的我們，很難想像沒有自來水的生活。不過，據統計，台灣都會地區自來水的普及率接近百分之百，但是屏東縣一直到最近才突破五成。我本來也很納悶，後來才了解這與民眾用

水習慣有關，屏東地區擁有豐沛地下水源，只要家戶自行鑿井，取之不盡的地下水，且不用繳交水費。超過一百二十年了，自來水還沒完全走到屏東。

本文拼音參考

漢字	十五音	羅馬音	台羅拼音	台語同音字
挸	兼八喜	hiàp	hiàp	協
挵	公三柳	lòng	lòng	挵

註釋

1. 界上最早的龍頭，目前的史料尚未有明確記載，中國古代民間把竹節之間打通，然後一根一根地聯結起來，把河流或山泉的水引來供人們使用，這被視作古代龍頭的起源。
2. 「鼓井」多被寫為「古井」。「鼓井」是指井上面的「井欄」，形體類似一面鼓，所以稱為「鼓井」，不然，剛鑿好的新井也稱「古井」怎麼合理？
3. 《彙音寶鑑》未收錄「挸」或「拼」，但收錄「挵」。而「弄」讀【公三柳】（long-3）。

315

守

因為新冠肺炎疫情，有一段很長的時間居家上班，記得去年七、八月左右，常常好幾天都沒出過家門，很多人也都變成宅男宅女，天天「宅」在家裡。

在以前，如果你都不出門，朋友就會調侃說你在家「孵蛋」。嚴格來說，應該是稱為「抱窩」，台語稱為「孵岫」[1、2]。

雌性禽類有一種行為稱「就巢性」，具體表現為產蛋一段時間後，體溫升高，被毛蓬鬆，抱蛋而窩，停止產蛋。通常就巢行為需要熟悉的窩以及腹下積蛋的刺激才會產生，但是，有時候其他外界環境條件，如天氣過熱、過冷、通風不良及環境陰暗也可能引起母禽的假性就巢，換句話說就是孵假的，這也是早期對於「窩在家裡不出門」用「孵岫」（或「孵卵」）稱呼的原因。

如果不用這個字眼，「宅在家」這個動詞可以用「守」，但是這時要讀【ㄐ二曾】（chiu-2）的音，《彙音寶鑑》解釋：「以固物約守」，多半用在「把持，看管」，例：「伊下暗愛守暝（他今晚要守夜）。」或婦女獨守空閨「守空房」也讀這個音：「個尪[3]規年週天佇外面，伊只有孤單守空房（她的丈夫整年在外，她只有孤單守空房）。」「守寡」也是：「個尪過身了

後，伊就守寡到今（她先生過世之後，她就守寡至今。）」

說到「寡」，教育部把「一些」的台語寫成「一寡」、「一寡仔」，說「一寡仔」是「一點點、一些些」，例如：「加減食一寡（多少吃一點）。」或是：「猶有一寡仔物件無整理（還有一些東西沒整理）。」

教育部應該是認為「寡」有「少」的意思，通常「一些」是「全部」的一部分，「一些」少於「全部」，所以似乎還算合理。但是，大衛羊先生有不同的意見，他說「一些」不一定等於「少」，「一些」是指某一個「範圍」，應該是「一括」。我比較贊成他的說法，例如祖先留了一些財產，常常是指留了不少的財產，因此說「放一括財產」，要比「放一寡財產」要合理。

不過，「括」與「寡」的讀音都跟我們說的不完全相同，「括」是【觀四求】（koat-4），而「寡」是【官二求】（koaⁿ-2），它有鼻音。

讀做【ㄐ二時】（siu-2）的「守」就用得比較多，像「保守」、「遵守」、「操守」都是這個讀音。

希望疫情趕快過去，我不想繼續宅在家，不想「守」在家裡「孵岫」。

本文拼音參考。

漢字	十五音	白話字	台羅拼音	台語同音字
守	ㄐ二曾	chiú	tsiú	酒
	ㄐ二時	siú	siú	首
	ㄐ三時	siù	siù	秀

漢字	十五音	白話字	台羅拼音	台語同音字
括	觀四求	koat	kuat	決
寡	官二求	koá^n	kuánn	趕

後記 ◆

李先生回應：「肉這個發音是從原住民語過來的，沒有漢字，所以才說『台語是古漢語』有可能是錯的。聲韻學上無法轉換，其實不是大衛羊獨創的看法，十年前的影片就有人在講了，喜歡台語其實不必將台語的地位強拉到古漢語或夏商周語的地位。」

我個人的意見是：台語本就不等於古漢語，但是基本上會有關係；說「有關係」也不是在「拉抬地位」，因為也沒有人說誰就比較崇高，那是兩件事。

註釋

1. 「孵」字，【龜一喜】（hu-1）。一般我們說「孵」是讀為【龜四邊】（pu-4）。劉建仁《台灣話的語源與理據》提到：『《辭源》說：「孚，禽鳥伏卵。後作孵。」所以「孚」和「孵」是古今字。』，「孵」是訓讀字，而《康熙字典》〈毛部〉：「『𣬈』，《篇海》步報切。音暴。鳥伏卵也。本作『菢』。《釋典》作『𣬈』。」《台灣話的語源與理據》認為「伏」字最好。
2. 「岫」在《偕厝邊頭尾話仙》冊151篇〈暗頭仔〉的後記與註釋有提到。
3. 「尪」字討論請參考《偕厝邊頭尾話仙》冊176篇〈搞尪仔標〉註釋3。

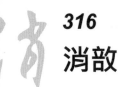

316
消敨

嘉義蘭潭環潭公路上有一個巨幅廣告，畫著一位身型面貌姣好的制服美女，旁邊寫著：

「蘭潭前面右轉！

水很深，請勿加入會員。

沒什麼人生難關是一炮不能解決的，

如果有，就兩炮。」

網路上有人貼了這廣告的照片，下面加註：

「想不到蘭潭這跳水活動這爾出名……

人生三不五時愛小消敨咧！才未鬱卒想不開！」

這廣告未免太明目張膽了，但可能因為沒有店名、電話、地址，所以「找不到」現行犯。對於我，這個網路貼文有個值得學習的詞彙—「消敨」。

「敨」讀【交二他】（thau-2），意思是「打開、解開」，例如：「敨索仔（解開繩子[1]）」、「敨氣（使空氣流通、透氣）」；也當「通暢」解釋，例如：「涵空無敨（涵洞不通）」；還做「聲名遠播」，例如：「伊的名聲真敨（他聲名遠播）。」還有一種用法適當「走運」，例如：「雞屎運咧敨（走

狗屎運）。」

「消」、「敨」兩個字算是同義複詞，「消敨」它可以用來表達「疏通不流動的空氣、積水等」，或是「抒解情緒、壓力等」，例如：「見擺落大雨，阮這的溝仔水就消敨袂離（每次下大雨，我們這邊的水溝的水就來不及宣洩）。」又例：「逐工上班屈牢牢，趁歇睏日出去行行咧，消敨一下（每天上班老是屈著身子待著，趁假日出去走走，抒解一下）。」

除了這兩個正式的用法，還有兩個戲謔的用法，一個是當作「解手、大小便」，一個是「用各種方式發洩性慾」，前面提到：「人生三不五時愛小消敨咧！」講的就是這件事，蘭潭環潭公路這廣告的廣告主就是個「貓仔間」。

提供性服務的場所，妓院或娼寮，台語有好幾種說法，包括「查某間」、「婊間」、「趁食間」、「茶店仔」、「跤梢間仔」。

「跤梢間仔」的「跤梢」，原指一項東西材質不佳、拙劣、不耐用，我們先從「含梢」談起。教育部《台灣閩南語常用辭典》對「含梢」的解釋是：「指物品因乾枯、老化而龜裂，使得質地變得容易酥碎」；用化學語言來說，這就是高分子材料因紫外線（UV）、熱、氧氣、金屬離子的作用而劣化（degradation）、產生黃變、光澤降低、脆化、龜裂等的「劣化現象」，物理機械性質亦會顯著下降，例句如：「這跤醃缸已經含梢矣（這只窄口的缸子已經變得酥碎了）。」

「梢」雖然【交一時】的音是相符，但是字義不合理。依Somno的研究，摘要結論如下：

一、《史記》淳于髡曰：「弓膠昔幹，所以為合也，然而不能傳合疏罅。」「疏罅」，倒置就是「罅疏」，台語音「ha7-sau」。

二、「罅」，《說文》：裂也，缶燒善裂也。

三、「疏」字，《集韻》孫租切，音蘇，粗也，為「密」之反！有分散，疏闊，不實的意思。切音su、soo，都有-au的音變。台日典的紀錄：「sau-sau」等於「sau」，台語講「骨頭soo」，就是「骨頭ham5-sau」，「soo」就是「sau」！日譯「sau-sau」：「ざらざら（粗糙樣）、ぼろぼろ（粒狀物等散落狀）」，「疏」的釋意。

也就是說他的結論：sau字就是「疏」字！

「疏」，【沽一時】（so-1），不親也、通也、分也、遠也、又稀也。所以，也是表示「劣質」的「腳稍」應寫為「腳疏」，一般寫為「腳稍間仔」的「腳疏間仔」則是指廉價、短鐘點節數供「消敨」之營業場所，通常設備簡陋，只提供臉盆毛巾供客人完事後擦拭淨身，無洗浴設備。

疫情當中很多人受不了悶在家中，疫情過後都想出去透透氣，我也想要出門玩玩，「消敨」散心一下，別擔心，我只是呼吸一下新鮮空氣，沒興趣去「腳疏間仔」啦。

本文拼音參考

漢字	十五音	白話字	台羅拼音	台語同音字
敨	交二他	tháu	tháu	--
稍	交一時	sau	sau	稍

漢字	十五音	白話字	台羅拼音	台語同音字
疏	沽一時	so	soo	蘇
鮭	膠三喜	hà	hà	孝

註釋

1. 《彙音寶鑑》並未收錄「敨」字，而在【交二他】（thau-2）的音收錄的是「解」字。《中文字典》解釋「敨」字在方言中是「把包著或卷著的東西打開」。

317
變奇術

　　大部分的人不喜歡被愚弄，但是卻有一種我們被愚弄而又很開心的情境，那就是看魔術表演。最近網路上很多小魔術的教學，我也常看，但是手沒那麼巧，無法把看似簡單其實需要手法技巧的小魔術做到天衣無縫。

　　聽說魔術的起源是宗教和信仰，「魔術」一詞源自拉丁語magi，常被拜火教使用，古代印度人相信自然界中所有的事情都有精靈或神靈操縱，巫師或祭師利用人類迷信的心理，運用人們不知道的原理製造所謂的神蹟，讓人們相信是精靈或神靈所為，藉之強化信眾們的信仰。

　　《維基百科》提到：「歷史上最早的魔術紀錄是在埃及，大約是在西元前2600年，也就是距今四千多年前。1823年發現的《威斯卡手稿》，文獻上記載了一位名叫德狄（Dedi of Dedsnefu）的魔術師，受召為法老王進行表演，他能將鵝的頭砍下，而斷了頭的鵝依然能走動，最後再把頭接回去恢復為原本的鵝。該紀錄描述了這名魔術師對鵜鶘和公牛也進行了相同的戲法。」這讓我懷疑傳說中扁鵲的換心手術是不是也是一種魔術表演。

《維基百科》也定義「魔術」為：「一門獨特的藝術表演形式，通過特殊的手法及道具等，使觀眾覺得不可思議。廣義的定義為泛指各種以專業技巧或知識展示出讓人覺得歡笑、不可思議的藝術的活動。」看著魔術，大家都感受到歡樂，並不會因為被「愚弄」而不高興，有時候甚至觀賞著被愚弄了都沒意識到。

　　教育部《台灣閩南語常用辭典》說：「『魔術』，音讀môo-sut，藉著各種道具，以祕密且快速的手法，做出看似超乎常理的表演。」但是小時候我們稱「變魔術」的台語為「變奇術」。「奇術」的用法似乎在客語比較普遍，台語也有稱為「變猴弄」或「變把戲」的，不過我比較懷念「變奇術」。

　　樸克牌是魔術師常用的道具，為了取信於觀眾，魔術師常常都會請觀眾親手「洗牌」或「切排」。「洗牌」是指將樸克牌的排列順序打亂，使紙牌充分的混合，達到隨機出現的效果。「洗牌」過去我們稱為「插牌」，讓牌的排列穿插分散，「插」應該比「洗」要來得合理容易理解。

　　洗牌後通常會伴隨著「切牌」以幫助確保洗牌的過程中沒有人為操作的結果，「切牌」的台語叫「斢」，【交二地】（tau-2），《廣韻》解說做「相易物俱等」。小川尚義《臺日大辭典》亦做上聲，寫做「倒」。連雅堂《台灣語典》〈卷一〉：「斗，互換也。以物交物曰斗。」基本上【交二地】（tau-2）的音沒有錯，而寫，應該是「斢」字較為適合，「倒」與「斗」應該都是借用讀音的做法。

　　最近學了一個小魔術，但不是樸克牌，不然我就會請您先「斢牌」。

本文拼音參考。————————————————————

漢字	十五音	白話字	台羅拼音	台語同音字
插	膠四出	chhah	tshah	唒
	甘四出	chhap	tshap	--
斢	交二地	táu	táu	斗

318

捏氣

　　小外甥女竹娃確診，回家隔離一星期，使得我二姊夫不能去上班，我二姊也不敢回家看爸。

　　我問二姐竹娃有什麼症狀？還問了一個很笨的問題：「有沒有吃藥？」我二姊愣了三秒鐘說：「沒有藥呀，喔，有吃清冠一號。」

　　「清冠一號濃縮製劑」是中醫處方，藥材有黃芩、魚腥草、北板藍根、栝樓實、荊芥、薄荷、桑葉、厚朴、炙甘草及防風等十種中藥，用於治療新冠肺炎無症狀帶原與初發作症狀者，但並不是預防保健使用，因此未染疫者並不建議服用，這跟我們平常對中藥的印象是不一樣的。

　　一般中藥都是「有病治病，無病強身，百益無一害」，台語說「無敗害」，即無敗壞、無傷害的意思，所以小時候媽媽偶而會用虱目魚燉「當歸青耆」給我們吃。

　　「青耆」是「黃耆」的別稱，性味甘、微溫，被譽為中藥裡「補氣第一用藥」，臨床功效有提升陽氣，增加免疫力不受外邪、感冒病毒侵擾，對於氣虛水腫的患者能幫助排水，處理傷口日久難收口痊癒、容易出汗怕冷、慢性疲勞腹瀉等，只要是氣虛

體質，都可以酌加使用黃耆。

中藥的四物湯（當歸、熟地黃、川芎及芍藥）是補血、養血、調血的經典藥方，能滋補血液，使臉色紅潤、皮膚潤澤，還能改善手腳冰冷的困擾。

四君子（人參、白朮、茯苓、甘草）湯與四物湯一樣源自宋代藥典《太平惠民和劑局方》，是很好的補氣良方，適合臉色黯沉、容易疲勞、說話無力、消化不良的人，經常用來治療氣虛，補氣又能增強元氣。

四物加四君子變成八珍，八珍湯氣血雙補。而八珍湯再加上肉桂、黃耆這二味藥材，可以強化八珍湯的作用，也就是所謂的「十全大補湯」，它不只氣血雙補，還有溫陽禦寒的效果，因此很多人喜歡用來驅寒。

因此，所謂的「補」，是「補血」、「補氣」，台語說「捏氣」。「捏」，在《彙音寶鑑》中讀做【驚七他】（thian-7），捏原附元氣也。《康熙字典》：「捏掄，擇也。一曰舉也。」

台語有很多音與義都很近似的字，在《阿娘講的話》冊059篇〈掅腿〉提到「掅」，也作「樘」，也同「撐」，台語的發音是【更三他】（the^n-3），就和「捏」很相似，但是千萬別搞錯字。

話說回來，中醫師說無論是四物湯、四君子湯、八珍湯還是十全大補湯都是中藥而不是普通飲食，那麼既然是藥物，還是應該由中醫師診斷，根據個人體質再決定是否適合服用，不能隨意吃補。「清冠一號」更是不應該隨意亂吃，「有病治病，無病強身，百益無一害」的觀念要修正。

本文拼音參考◦

漢字	十五音	白話字	台羅拼音	台語同音字
耆	居五求	kî	kî	其
勺	姜四曾	chiak	tsiok	爵
朮	君八曾	chút	tsút	秫
捏	驚七他	thiā^n	tiānn	--
掌	更三他	thè^n	pènn	撐

二點三個字

　　朋友到新加坡住了一個月，跟我分享了很多當地華人的生活文化，包括信仰、傳統音樂、婚喪喜慶風俗，還有語言。到咖啡館點咖啡也是一項學問，咖啡叫「Gobee o」，雖是黑咖啡，但是有加糖；「Gobee」則是加了煉乳的咖啡。她說她只會點這兩種，因為林林總總的新加坡式咖啡說法，她還沒學會。

　　她也跟我提到「兩點三個字」。

　　「兩點三個字」是指「兩點十五分」。過去在粵語、客語及閩南語區，會用時鐘中面上的一個「字」來代表「五分鐘」，因此，如果你問：「下課還有多久？」對方說：「兩三個字。」那意思是「大約十到十五分鐘」。

　　網路上有人在討論是不是有地方一個「字」是十五分鐘，或許是因為有些鐘錶在3、6、9、12是字，其他的都是「點」，不過似乎沒有人回應是這樣用。

　　很多名詞我們理所當然的使用後，卻不會去深究這名詞的由來。例如網球用語，得一分是15（Fifteen），二分是30（thirty），三分是40（forty），原先的設計是從鐘面來的，轉四分之一是15分，再轉四分之一是30分，問題是三分應該是

45，為何是40？聽說這是偷懶的結果（forty比forty-five精簡）。又如，我們說60分鐘是一個「hour—小時」，而它之所以稱為「小」是相較中國的「時」，從子時、丑時到亥時，一天有12個「時」，一個「時」有兩個「hour」，故一個「hour」稱一個「小時」。

小時候還沒有電子錶，都是機械錶，手錶壞了的時候，時針分針就都靜止不動，對這樣的手錶有一種說法，叫「兩準牌」，因為時針和分針不動，一天就有兩個時間是準的，其他的都不準。

台語有個詞彙—「一對時」，意思是「一晝夜、二十四小時」，例如：「藥仔食落去，到今一對時矣（藥吃下，到現在二十四小時了）。」

朋友還跟我說在新加坡也有很多討論福建話的臉書社團或是Youtube，也有Youtuber做不同地方福建話的用法與發音的差異，我想起有一次和一位馬來西亞華僑聊天，他是馬來西亞最大民營車廠的老闆，他說他有「Lon」，可以跟我們合作。「Lon」他講了好幾次，可是我根本不知道「Lon」是什麼，聽得我丈二金剛，後來才搞懂是「工廠」的意思，可是我到現在還是不知道該怎麼寫。如果有這樣的比較研究，對大家的溝通是有很大的幫助的，甚至可能幫我們釐清詞彙、用字的源由，還可以幫助我們修正錯誤的用法。

320

曷知

　　到朴子拜訪朋友，無意中發現這地名還滿有趣的。

　　《熱蘭遮城日誌》中有「Causieu」的記載，是朴子荷治時期的舊名——「猴樹」。乾隆十二年還稱「猴樹港街」，到了乾隆二十九年《續修台灣府志》則記載：「朴仔腳街，舊為猴樹港街，今更名。」

　　而之所以稱為「朴仔腳」，則是因「樸仔樹」而來，「朴仔腳」是「樸仔樹下」的意思，「樸仔樹」會成為當地的地名可見它有相當特別的意義。聽說這裡以前人口不多，只有幾間農舍，但有一大片樸仔樹蒼翠成蔭，因布袋鎮庄民林馬從湄洲祖廟迎請媽祖要到布袋嘴半月庄，經牛稠溪（今朴子溪）南岸樸仔樹下休息後要再繼續前行，媽祖金身竟然重若泰山，無法移動，民眾擲筊杯問神，神意指示要在此樹下立廟，後來這廟稱為「樸樹宮」，乾隆五十四年奉令改為「配天宮」。

　　到朴子除了參拜有三百多年歷史的配天宮，當然不能錯過當地美食，例如「真好味」的滷排骨飯和鴨滷飯，我去的時候發現它牆上招牌剩下一個字，但仍然大排長龍；七十年老店「永豐春捲冰果室」最有名的不是冰，而是重量級包油麵的春捲；「成功

手工餅乾」也很特殊，用舊機器生產我們小時候吃的餅乾，聽老闆說當時買舊機器製餅的也不只他一家，近幾年他也不知道為什麼，拜網路之賜突然爆紅！他說：「不知是按怎，你曷知！」

還有一家近百年的老店「麻糬棟」，可以吃錣冰配招牌麻糬。我選了這家吃冰，一邊吃冰，一邊聽老闆和老闆娘聊政治，討論即將登記的九合一選舉候選人，老闆也說了一句：「哪會遐愛選，你曷知！」

「曷知」是很流行的台語，但是多被以近音字亂寫為「阿災」。「曷」字用在「曷使」（如：曷使講）、「曷著」（如：曷著唸）、或「曷敢」（如：這你曷敢按呢舞）這類的用法。但是「曷」，【干四喜】（hat-4，何也），跟平常發「阿」的音不同。

「知」的台語有三個讀音，文讀音【居一地】（ti-1）乃「覺知，喻也」；白話音【皆一曾】（chai-1），「曉所事也」，都是「知道」的意思。另外它也讀【居三地】（ti-3），同「智」字。

所以，「曷知」就是「何知」，白話是「怎麼知道」、「哪知」。

有趣的是通常接在句尾的「你曷知」並不是「你怎麼知道」，而是「我怎麼知道」，它等於「我曷知」，用英文解釋是「who knows（誰知道）」。

至於「樸仔樹」怎麼會變成「朴仔腳」，我不能不負責任地說：「古早人是按怎攏愛烏白寫，你曷知！」北京語「朴」有三個讀音，讀「ㄆㄨˊ」時是同「樸」。《彙音寶鑑》說「朴」讀

【高四頗】（phoh-4），解釋為「蔗朴或藥朴」（也就是甘蔗渣或是藥渣），同「樸」；「樸」讀【公四頗】（phok-4），質也本素，同「朴」。

但是，猴樹怎地變樸樹？呃，古早人哪會愛改來改去，你曷知！

本文拼音參考。

漢字	十五音	白話字	台羅拼音	台語同音字
曷	干四喜	hat	hat	轄
知	居一地	ti	ti	豬
	皆一曾	chai	tsai	災、栽
	居三地	tì	tì	智、致
朴	高四頗	phoh	phoh	粕、樸
樸	公四頗	phok	phok	搏、朴

321
無較差

這幾天周玉蔻小姐佔盡新聞版面。日前她聲稱台北市長參選人蔣萬安的祖父姓郭，不是蔣經國，所以應該叫做「郭萬安」；周玉蔻還點名前中國小姐張淑娟是二十年前蔣萬安父親蔣孝嚴晶華酒店緋聞案的女主角，引發大眾批評，張小姐氣得向台北地檢署控告周玉蔻妨害名譽。

周玉蔻在另一位參選人陳時中擔任防疫指揮官時常有獨家訊息爆料，被認為與陳時中關係匪淺而有人戲稱她為陳時中發言人，因此藍營提出口號：「票投陳時中就是支持周玉蔻」、「喜歡周玉蔻就票投陳時中」，逼得陳時中出來與周玉蔻切割，說除了公事他們沒有連結，這又讓一些名嘴開玩笑說大家只是問他倆有無私交，並沒有問有沒有「連結」[1]。

昨天張淑娟到地檢署按鈴告周玉蔻的時候，周也前往地檢署說要跟張淑娟道歉，還在媒體攝影機前九十度的大鞠躬。但是張淑娟聲淚俱下說她被霸凌、汙衊清白，以致她甚至曾想尋短，因為不知道如何面對已經過世的雙親。對於周玉蔻的道歉，張淑娟說她會接受，但是還是會告到底！

周玉蔻在地檢署前的行動沒有收到任何效果，用大部分人比

較容易看得懂的寫法，這叫「無卡爪」，意思是「無濟於事」、「沒有用」，而這三個字正確的寫法是「無較差」，其中「差」字讀【瓜八曾】（choah-8），這讀音應該有點冷門。

如果有個人生病了，吃了藥，我們會關心地問有沒有好一些，以前的人會說：「你敢有較差？」這裡的「差」老一輩的也是讀【瓜八曾】（choah-8）的音，現在這樣的用法已經幾乎消失了，現在的人會問：「你敢有較好？」或是一樣問：「你敢有較差²？」但是「差」讀【膠一出】（chha-1），意思是問有沒有「差異」，也就是有沒有好轉。

《彙音寶鑑》收錄「差」字的讀音有四個，一個是我們現在習慣的【膠一出】（chha-1），解釋是「爭差³，不同也」；有一個是【居一出】（chhi-1）的音，多半用於「參差」；還有一個【嘉一出】（chhe-1），解釋是「舛也、錯也、使也、不相值也、差引」，「雜差仔工」是指非正式、不固定的打雜工作；「差教」是差遣、使喚，例：「彼个少年家真好差教（那個年輕人很容易使喚）。」

第四個是【瓜八曾】（choah-8），根據長輩的說法，這是過去常用的音，但是現在差不多只剩下用在表達「於事無補」的場合。

不過我們常用的音還有一個【皆一出】（chhai-1），它並未被《彙音寶鑑》收錄，「出差⁴」或「郵差」的「差」。

周玉蔻相關的新聞餘波盪漾，陳時中今天說：「不喜歡周玉蔻也可以陳時中。」讓許多鄉民笑說真的是「玉時俱焚」；此外，柯文哲和蔣萬安笑她「敗訴女王」，周玉蔻氣得揚言要告他

們毀謗、還有人跟NCC檢舉周玉蔻的節目⋯⋯。結果，NCC今天說要罰周玉蔻四十萬，周玉蔻一早也說她改變心意不告柯、蔣二人了。然後，還有一堆她嚎啕大哭的影片，以及兩個她主持的節目都請假的消息⋯⋯。這時候「無較差」就很好用了，周若想告也沒用，可以說「告也無較差」。

若你鄙視某人，認為這個人是個沒有用的人，也可以說「彼个人無較差啦」，但千萬要講口氣和發音，如果讀成【膠一出】是表示「這個人不會比較差」，讀成【瓜八曾】才是「這個人沒有用」。

本文拼音參考

漢字	十五音	白話字	台羅拼音	台語同音字
差	嘉一出	chhe	tshe	初、妻
	膠一出	chha	tsha	叉
	居一出	chhi	tshi	趨
	瓜八曾	choàh	tsuà	--
	皆一出	tsai	tshai	猜
瘥	高五曾	chô	tsô	曹

註釋

1. 2021年萬華有色情場所傳出疫情，當時陳時中用「人與人的連結」隱喻性行為。
2. 也有人認為應該是「瘥」字，病瘥癒。台語讀【高五曾】（cho-5）。
3. 「爭差」一詞請參考本冊311篇〈爭差〉。但是教育部《台灣閩南語常用辭典》用「精差」，有待商榷。
4. 台語「出差」常用日語漢字，說為「出張」。

322
打闞嗽

　　跟朋友在星巴克喝咖啡聊是非，隔幾桌坐了一男一女兩個年輕人，男生有點瘦小，女生長得不算矮又挺胖的，穿著頗為暴露，一身淡粉橘薄且有彈性的貼身洋裝，把一身肥肉感發揮的淋漓盡致，加上上半身衣服布料很省，不該露的地方都呼之欲出。我示意朋友看那位小姐，朋友瞄了一眼說他剛剛有看到這位像穿著睡衣出門的小姐，很誇張的整個人坐在她男朋友身上。正當此時，這小姐起身，往我們這邊走來，我低聲打斷朋友，以免她聽見。

　　在人背後聊八卦需要特別小心，特別是在公司裡，有同事喜歡批評主管，講話的時候都要先看一下附近有沒有什麼人，如果是在廁所就得特別警覺，曾經有同事就在解放的時候過於悠然，沒注意到隔牆有耳。

　　敏感時分緊急要讓人停止議論的時候，我們會假裝咳嗽來提醒說話的人，北京語好像沒有特別的辭彙在形容這個動作，台語有個「打闞嗽」。

　　正常的咳嗽是喉部或氣管的黏膜受痰或氣體的刺激，引起反射作用，台語一般讀做ka-sàu，但是「咳」，【皆三去】

（khai-3），應該也是被簡化的讀音[1]。

　　但是「打闞嗽」是故意發出類似咳嗽的聲音，不是真的咳嗽，「闞」讀做【甘三求】（kham-3），跟平常咳嗽ka-sàu的ka很接近，因此容易被誤會是相同的意思或文字。

　　「闞」在北京語有好幾個意思，一個是「視、看」，《說文解字門部》：「闞，望也。」現在則多以「瞰」字來替代。另一個是「臨近、靠近。」《玉篇門部》：「闞，臨也。」也有人姓「闞」，中國有個女演員叫闞清子，這都是冷門的用法。還有一個是「張大嘴巴的樣子」，《莊子天道》：「而口闞然，而狀義然，似繫馬而止也。」另一個是「老虎的吼叫聲」，《廣韻上聲豏韻》：「闞，虎聲。」《詩經》〈大雅常武〉：「進厥虎臣，闞如虓虎。」這也是《彙音寶鑑》【甘三求】（kham-3）的解釋。也就是說，「打闞嗽」不是真的咳嗽，而是發出類似老虎吼聲的咳嗽聲。

　　如果不方便出聲，還有可能會用目光暗示，台語稱「使目尾[2]」，例：「我加你使目尾，你攏無加我看（我使眼色跟你暗示，你都沒看到）。」這也可以當做以眼角傳情，例：「小旦上賢加人使目尾（小旦最會向人眉目傳情）。」

　　所以，如果我在說人閒話，必要的時候，你要「打闞嗽」或「使目尾」提醒我喔！

本文拼音參考。

漢字	十五音	白話字	台羅拼音	台語同音字
咳	皆三去	khài	kài	溉
闞	甘三求	khàm	kàm	崁

註釋

1. 參考《佫曆邊頭尾話仙》冊120篇〈沒沒泅〉。
2. 「使目尾」也做「使目箭」。

323
微吻笑，目睭降

年輕的時候很少接觸原住民的音樂，直到聽到胡德夫先生的歌才有不一樣的認識，實在令人讚嘆。蔣勳說：「他的歌是台灣最美麗的聲音！他深沉豐厚的聲音，使我想起東部聳峻的高山，使我想起澎湃廣闊的海洋。」蔡明亮說：「胡德夫的歌聲，誠實有魂魄，召喚我們失去的山林河川，遺忘的海與天空，都回來了。」這幾年聽原聲合唱團的歌，從布農族古老的「八部合音」到新近的「拍手歌」，顛覆了小時候對「山地歌舞」的認知與印象。布農族的音樂絕大部分是合聲唱法，「和諧」是核心精神。去年有一部記錄原聲國際協會馬彼得校長故事的電影「聽見歌，再唱」，這句話其實是布農族唱歌的精神，意思是你唱歌之前要聽別人的聲音，去配合別人的聲音，不是自己唱自己的。

我一直相信「音樂」反映了民族性，就像有一次到德國啤酒館喝酒，中間有樂團演奏，他們吹奏的是進行曲；就像台灣的布農族唱出和諧，卑南、排灣族裔的胡德夫在挨著山脈面向大海的地方唱出聳峻的高山、廣闊的海洋的聲音。

以這個觀點來看早期台灣民謠，大部分都是愁苦哀怨的小調，「望春風」、「安平追想曲」、「補破網」、「一隻鳥仔哮

啾啾」……，應該都是當時環境與生活的實際反映，或許也是民族性的反映。但有一首旋律和節奏跟其他歌曲不一樣的輕鬆活潑的男女對唱情歌「四季紅」，作詞者李臨秋用趣味的詞句描寫臺灣四季的特色，引喻男女熱戀，不受四季的變遷所影響。春天部份的歌詞，一般的寫法是：

「春天花吐清香，雙人心頭齊震動；

有話想要對你講，不知通抑不通；

佗一項，敢猶有別項，肉文笑，目睭降；

你我戀花朱朱紅。」

其中「肉文笑，目睭降」這兩句的用字有很多人在討論。有人說是表示「眉毛一抖，眼睛向下倾斜的意思」，也有人說是接近「眉開眼笑」，也就是「眉紋（尾）笑，眼睛（好像會）說話。」

有人說查字典發現《台日》、《甘式》都沒有「肉文」，只有《線頂》有「肉文笑」，莞爾一笑的意思。也有人認為「肉文笑」並無意義，所以建議改寫作「目紋笑」，笑到眼角魚尾紋浮現。《臺灣兮語言文字》作者Sofia說：「白話文『微微笑』，台人曰『眕眕笑』，坊間誤為『哎笑』，『眕』、『哎』形似混淆。[1]」Sofia所說的「眕眕笑」，應該就是教育部《台灣閩南語常用辭典》說的「文文笑」，教育部說它就是「微微笑」，例：「伊看著人攏文文仔笑（他看到人總是微微笑著）。」

但是，所謂的「眕眕笑」或「文文笑」，台語應該是「吻吻（仔）笑」；吻，嘴唇，或嘴邊，嘴角微微上翹的笑。嚴格地來說，它跟一般的微笑還是有差別，它是一種帶著羞赧的微笑，想

笑又不好意思笑開，會閉著嘴，甚至是縮緊嘴唇的那種笑。有人提到字典中有「微吻笑」（這裡的「微」讀ba-5的音），也就是說他認為「肉文笑」應該是「微吻笑」[2]。

Sofia另外提到：「白話文『眉目傳情』，台人曰「『目睭共』，坊間誤為『目睭講／目睭降』，『共』『講』、『降』音近混淆。」對這說法我也有點存疑，因為台語有一個詞「降目」，它是「注視」的意思。台語說「鬚髮目降」，是指生氣地瞪人，北京語相當於「吹鬍子瞪眼」，「伊用目睭加你降」是「他用眼睛瞪你」，所以「目睭降」不適合解釋為「眉目傳情」。

雖然台語源自古漢語，在很多古文可以找到台語的蹤跡，但是並不能因為有一個看起來很像可能是的字或詞就認定它的字源，還有很多台語現在還留在著老身上。

這首「四季紅」也曾被禁唱，因為歌名有「紅」，歌詞裡每段都有「你我戀花朱朱紅」，被認定有「為匪宣傳」的嫌疑，後來歌名更改為「四季謠」才解禁。不但是歌詞或旋律反映了民族性，連禁唱與解禁也都反映了時代的背景。

本文拼音參考

漢字	十五音	白話字	台羅拼音	台語同音字
文	君五門	bûn	bûn	聞
旻	君五門	bûn	bûn	聞
吻	君二門	bún	bún	刎
降	江三求	kàng	kàng	絳
	江五喜	hâng	hâng	杭

漢字	十五音	白話字	台羅拼音	台語同音字
微	居五門	bî	bî	眉
	膠五門	bâ	bâ	麻
鬖	江二出	chháng	tsáng	--

註釋

1. 《文選・司馬相如・封禪文》有「旼旼穆穆，君子之態。」「旼旼」，和藹的樣子，「旼」古同「旻」。

2. 王康旼先生的《台音正字彙編》收錄：ba-1 or 5，微，例如「微甜」、「微笑」、「微文笑」等等。吳坤明先生的《語音溯源字典》，也有收錄：微ba-5 bun-2笑。

324
腫頷

　　跟同事檢討幾款產品損益試算資料，我發現有些成本和售價間的差異是不合理的，我說這看起來怪怪的，同事查了一下說：「這聲腫啊！」他用了舊的成本資料、算錯了，而且很糟的是他已經把資料提給老闆……

　　關於「這聲腫啊」，首先，台語「這聲」是「這下子、這回、這一次、就在這時候」的意思，例：「今這聲害矣（這下子糟了）。」或「這聲伊走未去矣（這下子他跑不掉了）。」它跟「這過、這改、這擺」是近似詞。

　　其次，「腫啊」是「糟糕、慘了」的意思，通常是對不好的情況發出感嘆。「腫」其實是簡略的說法，它完整的用詞是「腫頷」，例：「事誌舞曷按呢，這聲腫頷矣（事情搞成這樣，這下糟糕了）！」

　　「頷」，【甘七英】（am-7），指脖子，這個字也用在蠻多地方的，例如「脖子」台語稱「頷頸」、「頷巾」是「圍巾」、「頷領」是「領子」，衣服領圍的部分，「頷垂」是「圍兜」，小孩子穿掛在胸前，用來承接口水，防止衣服弄髒的衣物（「頷垂」的「垂」讀【嘉五時】（se-5）的音）。

「腫頷」則是指脖子腫起來，而脖子怎麼會腫起來？有一種可能是「大頷胿」。「頷胿」是脖子的前面部分，「大頷胿」乃甲狀腺腫大，也就是甲狀腺內分泌系統中缺碘的一種代償性反應；也有可能是長瘤，有一句台語歇後語：「頷頸生瘤──抵著矣（脖子長瘤，抵到了下巴。意指遇到了、碰上了。）」為什麼脖子腫起來會表示「糟糕、慘了」，我也不敢亂臆測，但是我們可以很容易地理解「腫掠外」是強調事情很嚴重。

　　「掠」，可以當抓、捕捉用，它也指拇指到其他指頭張開距離的單位，常用來當作簡便的測量工具，約莫十五到二十公分，例：「一掠長（一掌長）。」想想看，我們的脖子都不到「一掠」，但是如果脖子腫「掠外（超過一掌長）」，表示腫得很大，是真的挺嚴重的。

　　「腫頷」除了當「糟糕、慘了」，它的另一個解釋是「胡說、瞎掰、胡扯」，例：「我聽你咧腫頷（我聽你在胡扯）。」事實上這才是它原來的用法，只不過會這樣用的人並不多，多半是用在當「糟糕、慘了」的時候，而且「頷」也被省略了，只剩下一個「腫」，如果我們的台語都是這個樣子，那我們就要說：「這聲腫頷矣。」

本文拼音參考。────────────────

漢字	十五音	白話字	台羅拼音	台語同音字
頷	甘七英	ām	ām	--
垂	嘉五時	sê	sê	偤
	規五時	suî	suî	誰
	檜五時	soê	suê	--

後記

　　陳小姐說：有聽人teh講「腫頷欲死ê！」，亞特聊聊天台語Podcast放送回應：「阮遮敢若顛倒是講『我聽你tih腫頷』較濟哩。」這表示還蠻多人在用這個詞的，好事一樁。

325

糶米、糴米

暑假期間很多人到台東、花蓮旅遊，有金針花海的花蓮縣富里鄉「六十石山」是近來非常熱門的景點。「六十石山」該怎麼讀，說法不一，從富里鄉農會的生態解說員講習資料內容來看，他們自己也沒有定論。

有一種說法是關於這裡稻米的產量，一般稻田一甲地的產量是四、五十石，因為這裡的土地肥沃，可以生產到六十石，所以稱為「六十石山」，如果是這樣，「石」的北京語應讀「但」的音。

第二種說法是民國四十八年的八七水災迫使部分西部居民遷移到這耕作，但是因為土質不佳，交通不便，農作物只能以肩挑步行的方式運送下山販售，當時整座山農產品產量大約為六十擔左右，因此把這座山叫做「六十擔（石）山」。這種說法跟第一種完全相反，一個是產量多，一個是指產量少。因為「石」也做「擔」，因此，這應該是誤解「擔」而穿鑿附會的說法。

第三種說法是日治時代砍樟樹製作樟腦丸，以致山區的樟樹被砍伐一空，山上光禿禿的，露出六十塊大石頭，因此把此地叫做「六十石山」；這樣的話，「石」的北京語應讀「時」的音。

不過，第一和第三種狀況，「石」的台語讀音都一樣是【茄八曾】（chioh-8）的音。

　　我感情用事地相信是第一種說法，事實上，出產好米並不是嘉南平原的專利，東部的花東縱谷也有很多好米，例如富里米、池上米、關山米、中興花東米，都是，每次到超市買米都得挑上半天。

　　台灣小包裝的米是在七零年後才開始流行，小時候都是到碾米廠買米，買米當然不會買一石，因為一石等於十斗，一斗大約是七公斤，一般家庭一斗米可以吃好久。五十年代去碾米廠買米，一般家庭不會買到一斗，只會買「一筶子」，「一筶子」是一公升，當時米店都是用一個方形的木盒來量。

　　您若是五年級生以前，可能會提醒我去米店賣米叫做「糶米」，是的，「糶」、「糴」是農村很重要的兩個字，「糶」的左邊寫成「出米」，就是賣出米穀的意思，而「糴」則為「入米」是買入米穀的意思。

　　1952年國立新竹師範學院音樂系創系主任楊兆禎寫了一首「農家好」，當時國小音樂課本都有，歌詞是：

　　　「農家好，農家好，綠水青山四面繞，

　　　你種田我拔草，大家忘辛勞，

　　　秋天忙過冬天到，米穀糶出農事了，

　　　農家好，農家好，衣暖菜飯飽。」

　　「米穀糶出」是指稻米收割、打穀、曬乾後賣給了碾米廠，所以這一年的工作完成。網路上很多人寫為「米穀躍出」，建議他們到屏東縣竹田鄉糶糴村走走。這裡是早期六堆地區米穀雜糧

買賣聚集地，利用水路運輸運到中國大陸，並以「買賣米穀」為村莊名稱，稱「糶糴村」沿用至今。

「糶」，北京語讀ㄊㄧㄠˋ，台語讀【嬌三他】（thiau-3）或【茄三他】（thio-3）。

「糴」，北京語讀ㄉㄧˊ，台語讀【經八地】（tek-8）或【迦八地】（tiah-8）。

這兩個字好像不太用得到了，但是我很捨不得忘了它們，因為它們承載了我好多小時候的記憶：秋天忙過冬天到，米穀糶出農事了，農家好，農家好，衣暖菜飯飽！

本文拼音參考。 ————————————

漢字	十五音	白話字	台羅拼音	台語同音字
石	茄八曾	chiȯh	tsiȯh	--
	經八時	sėk	sik	夕
糶	嬌三他	thiàu	thiàu	眺、跳
	茄三他	thiò	thiò	--
糴	經八地	tėk	tik	迪、擇
	迦八地	tiȧh	tiȧh	--

後記。 ————————————

余先生回應：「因為現在大量進口越南、泰國、美國米，做事的農家又高齡化，做田只是顧田底，好額不到多少，交濕粟至米廠，除交公糧外，可在米價高漲時，將多餘的濕粟依成碾米損耗差額，換算成當現米價出脫，也是糶米換現入農會口座。

這二字的用語，中南部還在用喔，沒消失。

現在的方式是砲管割稻機，卸粟至貨車運載米廠，完成交割後，這通稱糶米。待繳出公糧後，餘穀數額存於米廠，爾後可不定時不定量的，去米廠領出白米，做為交割，我們稱此為糶米，一樣的稱呼，交割方式現代化而已。」

　　曾先生回應：「客語糶米tiau-mí糶米tat-mí。」

326

癖鼻

前幾天與國外客戶開會，遇到集團裡的一位很優秀的年輕人，會後問他結婚沒，他說已經登記了，但是因為疫情，婚宴已經延了三次。

新冠肺炎疫情似乎也改變了年輕人的結婚模式，特別是宴席，有的人縮小規模，不辦過往那種幾十、上百桌的婚宴，只邀親戚簡單開個幾桌小聚，我的外甥和侄子也都是這樣；有的乾脆到戶政事務所登記，宴客就省略。

除了喜宴改變，有些習俗也都省了。以前迎娶新娘有很多繁文縟節，現在多數人都是直接在飯店迎娶、在飯店拜別父母，所以也就比較少見到過往那種迎親車隊。依照早期的習俗，女方要準備甘蔗和豬肉，用來綁在迎親的禮車上，甘蔗是連根帶葉兩根一對，象徵甜甜蜜蜜、有頭有尾；聽說豬肉是源自周公和桃花女鬥法的傳說，目的是避免白虎星煞搶婚；還要帶一對雞，有「好起家」的意思，此外，也有人說這一對雞在新婚夜會將牠們放在新房床底，隔天看是公雞或母雞先跑出床底，用來預測先生男孩是先生女。

新娘子搭禮車離開家門的時候要搖下車窗，丟下一把扇子，

叫做「放性地」。

「放性地」，「放」是拋棄，「放性地」指把壞的脾氣或個性留在娘家，不要帶到夫家去，也象徵與父母切不斷的親情。

「性地」是個很常用的詞，也很多人說「脾氣」。吳新榮先生在他的日記曾寫道：「菜酒進行中，我們大發揮學生時代的癖氣，使婦人連大起奇異」。

「癖氣」，在北京語中是指「與眾不同的習性」，例如：「癖氣不好的人，總是難與人處得融洽。」但是台語並不常用「癖氣」，而是用「癖性」或「性癖」，例：「伊一个癖性偕人無全款（他有一個和別人不同的特殊習性）。」或是：「逐个人的性癖攏無全（每個人的個性癖好都不一樣）。」「癖性」或「性癖」，甚至是「癖」都是相同的意思，例如：「伊酒癖無好，飲酒了後會烏白罵人（他酒品不好，喝了酒會亂罵人）。」

「癖鼻」也是相同意似的詞，如：「你這個人的癖鼻真歹。」不過現在也很少聽見有人會說「癖鼻」，《台文華文線上辭典》還找得到，但像教育部《台灣閩南語常用辭典》只收錄常用詞的，就看不見它的蹤跡。

「放性地」丟的扇子，原本是一把摺扇，後來有人做得很大，把芭蕉扇都拿出來了，甚至聽說到後來工業用風扇、冷氣機、製冰機都可以丟，這真的是走火入魔的無厘頭。或許，你可以把它看做產業結構變化下的文化演進，一種從農業走向工業乃至科技化的過程，而背後卻是傳統的消失，跟「癖鼻」同義的詞，「性地」還在，「脾氣」隨著北京語留存，而「癖鼻」逐漸被淡忘。

327
牽仔

哥在LINE家人群組發了幾張照片，附帶說明：「古早味！好吃。」照片都是小時候常見的糕餅，原來是姪子結婚，依照習俗要「拜天公」，這些古早味糕餅都是拜天公準備的物品。

以前小孩子出生後都會拿生辰八字去算命，有些人「命中帶雙父母」，因此需要「契」一位義父，廟裡的王爺甚至廟旁的樹王公都有可能被「契」為義父，通常稱為「誼父神」；而且都還會寫一份「契書」。聽說我哥哥和嫂嫂去幫我姪子拜拜的時候，擲不出尚杯，廟祝問說是不是沒契書，後來我哥回家拿，就擲出了尚杯。

這裡不是要談「契書」，是要談糕餅。照片裡也有現在還常見的食品，像「紅圓」。「紅圓」是麵粉做的，形狀為圓形，有人說是取其「圓滿」之意。中間上方有一類似湯圓大小的顆粒，形狀近似女性之乳房，所以也有人說台灣在遠古時代為母系社會，因此種祭祀食品以女性身體之器官為形，亦是取其對大地與先祖感恩之意。（我倒是不相信遠古時代有這種烘培技術。）

「紅圓」和「紅龜」不一樣，主要差異在於「紅龜」形狀是扁橢圓形，跟烏龜很像。龜是吉祥長壽的象徵，人們都想要吉利

求長壽，老祖宗就以龜為牲禮之一，後來逐漸以龜形食品替代，沿用至今。也有人做成兩個連載一起的，形狀像一個阿拉伯數字8，稱為「雙連龜」。

有人會把「紅龜」稱為「紅龜粿」。就我的認知，二者是不同的，前者比較膨，是麵粉做的，後者是粿，糯米做的，而且扁扁的。

還有一種「麵龜」，雖然叫「麵龜」，卻是米做的。粿是用生糯米磨漿，麵龜是用炒熟的米去磨，坊間有人寫為「紅片」，也有人寫為「鳳片」，我覺得沒有道理，可能大家不知道怎麼寫，就拿一個音近似的字來用。我認為寫為「糗片」應該比較適合，「糗」，【公七喜】（hon-7，煮麥也），國語字典解釋為「炒熟的麥子」。（炒熟的麥子和炒熟的米，意思接近，這是我的臆測。）小時候隔壁的餅舖做的「糗片糕」，除了龜，還會作成雞或豬的形狀，我們稱「麵雞」或「麵豬」。

還有一種跟紅龜粿很像的，一般稱為「牽仔」或「牽仔粿」或「紅牽仔粿」，它比紅龜粿窄而長，通常是在拜天公和財神爺時使用，它由麵粉或糯米製成，並在側邊或是上方壓上一串古代錢幣的圖形，象徵財源廣進、財運滾滾。現代改良版的牽仔粿，也有以果凍取代糯米製作。

有句俗諺「有龜不食牽，無龜牽也好」，則有點無魚蝦也好的味道。

「古早味」會被喜歡的原因，我覺得某個程度上是「小時候的味道」，我父親喜歡吃「紅龜」、「糗片糕」，或許就是一種對舊時味道的懷念；而我，只對「三色軟糖」有興趣，因為我只

對它熟悉。

　　時代的改變、食材的不同，加上創新的做法，這些食物能流傳下來已經很難得了，不過，要是能寫正確的字就更好了。

本文拼音參考。 ────────────────

漢字	十五音	白話字	台羅拼音	台語同音字
麷	公一喜	hong	hong	風

328
佇當時仔

　　安雄舅舅是我媽的結拜弟弟，他當兵的時候，營隊寄宿在我家隔壁的「保甲」，當時的連長和副連長對二姊和我都很好，常常抱著我們玩，安雄舅舅會帶我去廚房給我牛肉乾，但是我拿回家都會被媽丟掉（媽不吃牛肉也不讓我們吃牛肉）。後來媽媽和安雄舅舅結拜，我們一直喊他舅舅。

　　我的第一、二冊消失中的台語，他每一篇都很仔細地看，有問題就會打電話問我，他說他教了三十年的國文，頂多只能看懂八成。

　　第三冊出版後，我寄了一本給安雄舅舅，但是他都沒有給我任何訊息。我問父親這一陣子有沒有跟他們聯絡，父親說沒有。幾天後周末的下午我打了電話給舅舅，連絡上之後再跟我父親轉達他的問候。

　　我跟父親說我打了電話給安雄舅舅，父親問我：「佇當時（在何時）？」我說：「下晡，伊講冊有收著。佇當時仔是因為目睭較醜，無法度看。」

　　第一個「佇當時」是「在什麼時候」的意思，這應該沒有什麼問題，例如：「不知影伊佇當時才會來（不知道他什麼時候

才會來）。」又例如：「彼齣電影佇當時欲搬（那部電影何時上映）？」、「是欲等到當時（要等到什麼時候）？」都是相同的用法。而「有當時仔」是「偶爾、有時候」的意思，例如：「伊的性地真好，不過有當時仔也是會掠狂（他的脾氣是很好，但是有時候也會抓狂）。」這裡的「當」都讀【江一地】（tang-1）的音。

有趣的是你可能會聽到的是【姜一地】【居五時】甚至是【姜一地】【居七時】的音。【姜一地】是因為「佇」與「當」的連音簡化而來，而【居七時】可能是因為轉音或當問句而弱化音調的結果，第五聲的「時」被讀為第七聲的「是」。

如果你讀【公一地】（tong-1）的音，意思就不一樣了，它當作「從前、那時候」解釋，例如：「當時囡仔攏猶細漢，愛搦屎搦尿[1]（那時候我小孩都還小，需要把屎把尿）。」「正當時」則是形容時機剛好，適合做某件特別的事情，例如：「天氣這寒，食火鍋正當時（天氣這麼冷，吃火鍋時機正好）。」跟「著時」的意思接近。

重點是第二個「佇當時」（句中「佇當時仔是因為目睭較醜，無法度看」），這裡則是當「原來是……」來用，跟時間沒有關係，這用法也比較少被用。而依照語氣與用法，也常常跟「仔」連用。

網路上有一個例句，說明了口氣上的差異：
欲死啊，當時著是汝喔，害恁爸驚一趒。
欲死啊，當時仔著是汝喔，害恁爸驚一趒。
欲死啊，佇當時著是汝喔，害恁爸驚一趒。

欲死啊，佇當時仔著是汝喔，害恁爸驚一越。

您可以試著感覺一下語氣差異。

關於「當」的讀音，先前已提過，不再贅述。如果你問我：「佇當時？」我會說：「《消失中的台語》〈阿娘講的話〉冊083篇〈壓印〉啊！佇當時仔汝攏無看！」

本文拼音參考。

漢字	十五音	白話字	台羅拼音	台語同音字
搦	經八柳	lėk	lik	歷
攊	江八柳	lȧk	lȧk	六

後記。

許小姐建議：「如果能發行有聲書，用耳朵聽就不怕目睭較醜了！在孜孜線上聽做有聲書你覺得如何，我發現遍路文化為推廣本土語言，把經典文學有聲書變成台語版。」

我其實也有在想，但是可能要等我退休……

註釋

1. 「搦」為教育部《台灣閩南語常用辭典》建議用字，《彙音寶鑑》收錄的字為「攊」，【江八柳】（lȧk）。

329
破讀

　　2021年6月6日有一篇網路新聞:「本土疫情嚴峻,各縣市每天仍有確診案例,至今為止,彰化縣累計211例確診,縣內出現跨越4鄉鎮的大家族聚會共餐傳染鏈,由家族傳家族再傳職場,目前已9人確診,衛生局提出警告,家族聚會『破豆』(台語聊天之意)、『呷噴』(台語吃飯之意),感染率百分百。)」

　　「呷噴」是令我非常反感的寫法。許多人批評政府控制媒體,就算不是被控制,許多媒體也真的很不長進,「呷噴」這種用詞就是一個例子,彷彿任何新聞都要娛樂化,很沒格調,更是戕害台語的劊子手。

　　倒是對於「破豆」一詞,我們就不忍苛責他。這是一個不常聽見的詞,教育部《台灣閩南語常用辭典》說:「破豆,釋義為閒聊,例:『咱誠久無見面矣,有閒就加減來阮兜坐坐咧,罔破豆一下啦(我們很久沒見面了,有空就多少來我家坐坐,稍作閒聊一下)。』」台語近義詞是「開講」。

　　「破豆」跟「開講」有啥關係?這是很令人納悶的事情!

　　有個說法很值得參考:「破讀」,台語音(poh4-tau7),

是古人讀書解釋豆點章句的用語。這個詞或許是因為讀書人「相聚討論」，台語引申作「閒談」，同「開講」。（這「破」讀文讀的【高三頗】（pho-3）[1]；「讀」唸「豆」的音。）

韓愈的〈師說〉：「句讀詞解之不知，惑之不解，或師焉，或不焉，小學而大遺，吾未見其明也。」意思是「不會斷句朗誦，有疑難不能解決，前者向老師學習，後者卻不向老師學習，小問題願意向人請教，而把大問題遺棄不問，我看不出他究竟聰明在什麼地方。」「句讀」是「斷句」的意思，用同義詞的概念來看，「斷」、「破」、「離」、「分」有相似的意思，所以「句讀」也就跟「破讀」相同。用這個意思來引申，當作「讀書人相聚討論」，而引申作台語「閒談」，是蠻合理的。

從讀音來看，《彙音寶鑑》中「讀」字可讀【沽四地】（to-4，句讀也，與肚同音）、【公八地】（tok-8，與毒同音）、【江八他】（thak-8，讀書，讀冊）與【交四地】（tau-4，句讀也，與豆同音）。「破讀」被寫為「破豆」，應該是因為共同的【交四地】的讀音。

因為教育部說寫為「破豆」，我就不再對這位記者多說什麼了，倒是我們應該要感謝他，把這已經要失傳的台語找回來。

這個詞還有其他的用法，例如說某某人「足破豆」，是形容某人講話樣子神氣，或是很健談；另外也有愛現、不懂裝懂、不會裝會的意思。

聽說你的朋友「足破讀」，有空找他來我家「破讀」一下。

本文拼音參考。

漢字	十五音	白話字	台羅拼音	台語同音字
讀	沽七地	tō	tōo	肚
	公八地	tȯk	tȯk	毒
	江八他	thȧk	thȧk	--
	交四地	tāu	tāu	豆
破	瓜三頗	phoà	phuà	--
	高三頗	phò	phò	--

註釋

[1.] 請參考《偕厝邊話仙》冊107篇〈破風〉。

330
鹽花仔

　　或許，大姊有傳承到媽媽做菜的手藝與味道，所以她做的菜比較合我爸的口味，每次她回家都是她掌廚。星期六她在做菜，唸了一句：「未記摻一括鹽花仔！」

　　菜加蔥花是很普通的，摻「鹽花」又是怎樣？

　　據說法國葛宏德（Guerande）地區的鹽田，在結晶體沉積至鹽田的底部之前，採鹽工人會馬上刮除表面最乾淨的結晶，就是所謂的「鹽之花」，如此採集而成的「鹽之花」結晶是純白色，如花朵般美麗，而且含鈉量較低，鹹味醇厚中帶點輕柔，滋味相當特殊。

　　除了法國，義大利、西班牙和葡萄牙也都有出產「鹽之花」，然而因海水不同，味道也會有所差異，但用法大同小異。「鹽之花」不適合加熱，最佳使用方式是在菜餚完成後再灑在上方，當作提味之用；「鹽之花」不會入口即化，所以可以感受到它的濕潤及脆度，最後化在舌頭上，像在味蕾上舞動般美妙。

　　不過，我大姊說的「鹽花仔」並不是那麼高檔的「鹽之花」，您應該也猜到了，它就是一般的鹽巴。台語說「鹽花仔」意指少量的鹽巴，做為調味用，例如：「摻一括仔鹽花仔就免摻

豆油矣（加一點點兒鹽巴就不用加醬油了）。」

　　我們生活在海島，所以最熟悉的是海鹽，我出生於台南「鹽分地帶」，其中北門「井仔腳」是二百年前就有的「瓦盤鹽田」，而七股鹽山是二十年前廢曬結束台灣三百三十八年曬鹽歷史轉型形成的觀光據點。

　　世界上除了海鹽，依地區還有湖鹽、井鹽、岩鹽等等，鹽的顏色除了白的還有紅的黑的，味覺也都不太相同，因為成分不一樣。

　　喜馬拉雅山脈地區的岩鹽，含有八十種以上微量礦物質，具高含量的鐵質而呈現宛如玫瑰花的粉紅、橘紅或是深紅色，又稱為「玫瑰鹽」，加上它是在低汙染的高海拔，被認為是最純淨的鹽之一，也受到許多廚師的青睞。

　　不同的鹽適合不同的食材和不同的料理方式，有的適合用於醃漬，有的適合料理後灑上，有的適合烹煮添加，例如沖繩珊瑚鹽，雪綿性狀的旨味鹽很適合用於煎、炒的調味，能襯托出食材本身的鮮美，添加於燉煮料理亦可以提升風味層次。喔，還有些鹽是用來泡澡用的……。

　　如果你跟我說你家平常烹飪都是用高級「鹽之花」或「玫瑰鹽」或夏威夷棕櫚島的黑鹽，我會說：「你講个攏是鹽花仔啦！」。這句話台語意思是說「你說的是胡說八道，都是虛無的事情。」

後記 ◆ ─────────────────────────

　　曾先生說：「愛有碘的成份較袂大額。」

　　哈哈，這超出範圍啦！

331

食褒

2021年農曆年，我們村子舉辦了一個「將庄人藝文聯展會」，參展者都是「本庄人」，原先只是村子裡有幾位同好想來個好玩的「歡喜展」，後來發現村裡對繪畫、書法等有興趣的鄉親還不少，還有專業、名揚國際的大師。

有位參展者小學時是我父親的學生，他說他從小對繪畫有興趣，雖然後來念中文系，但是持續在平常與社團活動中學習繪畫，就業後在高中教國文時也同時身兼學校社團國畫指導老師。他強調除了興趣，還有來自於國小畢業作品展時我父親給他的一個評語：「甲上上」給他的信心。

我聯想起我父親說他小時候老師在「學生手冊」上給他的評等，當時日本老師都寫「優、良、可」，但是老師給他「秀」，讓他印象深刻。

幾年前遇到一個成功創業的前同事，他說他本來是對自己缺乏信心的，但是有一次我派他出差日本，他說他沒自信可以單獨勝任這任務，而當時我跟他說：「我都可以相信你了，你為何不相信自己？」這句話改變了他的心態，現在也是一位成功的企業家。

所謂「囡仔人食褒氣」，簡單說，就是「小孩子喜歡人誇獎」。「食褒氣」也做「食褒」，「食」跟北京話「吃這套」是相同的意思。

　　「褒」是「稱讚、恭維」，例：「家己褒，較未臭臊。」這俚語是說魚販叫賣魚貨，當然會稱讚自己的魚貨是上等的，不是腥臭的爛魚。這句話通常用來嘲諷往自己臉上貼金的人。

　　教育部《台灣閩南語常用辭典》說「褒嗦」是「恭維」，用正面、肯定的言語對別人稱讚、誇獎，例：「伊誠賢加人褒嗦（他很會用好聽話去誇獎別人）。」「褒」，【高一邊】（po-1），同義詞「褒囉嗦」，例：「聽伊逐日褒囉嗦，不知佗一句是真的。」不過，「囉」【高五柳】（lo-5，歌助聲也），北京語的解釋是「歌曲中的襯字」，《雍熙樂府》〈卷一五黃鶯兒唱一會囉哩囉曲〉：「唱一會囉哩囉，論清閑誰似我？」而「嗦」是用嘴吸吮或舌頭舔條形物，如：「小孩子總喜歡嗦手指頭。」「囉嗦」是形容「多言不止」，例：「父母親不停的囉嗦都是為了子女。」或是指「麻煩」，例：「這種事平常很快就可以辦好的，今天怎麼那麼囉嗦。」

　　所以感覺起來稱讚寫成「褒嗦」或「褒囉嗦」真的有點怪。有個字可以參考，「挲」。我們常常要安撫一個人會用這個詞，「褒」是嘴巴讚美，「挲」是動手摸摸頭，個人覺得會比「褒嗦」好。[1]

　　有句俗話說「相命無褒，食水都無」，它勸人要多說好話，即使是算命的，還是要掰一些好聽的話，否則顧客不開心，是不會給打賞的。這話另一方面也在提醒人們：江湖術士的話不可

盡信。

　　前天父親腿不舒服，無法走路，哥帶他到村子的診所看醫生。診所隔壁有幾位村子早覺會的會員，聽說他去看診，也都過來關心，一群人擠在診所聊天，跟醫生說父親是他們的老師，很感謝我爸媽帶領他們社團活動二十幾年，父親也被逗得很開心。誰說只有「囝仔人食褒氣」，江湖術士也是，老人也是！我們都是！講這麼白了，還不「褒」我一下？

本文拼音參考。

漢字	十五音	白話字	台羅拼音	台語同音字
褒	高一邊	po	po	菠
囉	高五柳	lô	lô	鑼

註釋

1. 「挲」自請參考本冊335篇「圓仔桸」。

332

狗肉數

有一陣子因為工作需要，經常出差越南，好處是可以吃到美味的越南料理。不過，當地人帶你去吃飯之前，最好要先弄清楚到底要吃什麼。有名的鴨仔蛋，我實在沒辦法接受，但是老饕們趨之若鶩。有一次到海防，我說吃點在地的，朋友帶我到路邊攤坐板凳吃烤肉，剛到的時候覺很有意思，接著忐忑地發現這是賣烤兔肉的，上菜後更是苗頭不對完全傻眼，因為熱情的朋友吩咐老闆準備兔子乳房期待我大快朵頤，這是我吃過最痛苦的一餐。

胡志明的朋友帶我去吃隱藏版火鍋，路過兩家店，連在一起，一家賣狗肉，一家賣貓肉。是的，貓肉。越南人稱貓為小老虎，價格不便宜，當地人認為吃貓肉可以增加體力、提高性慾、驅除厄運，甚至有人相信可以有如貓的敏捷性。狗肉比較多人吃，可是，這麼有靈性、人類這麼好的朋友，怎麼殺得下去，吃得下口？

「狗肉數」[1]（狗肉帳）指的不是吃完狗肉要算的帳，而是指「糊塗賬」，比喻算不清楚的帳，弄不清楚的問題，例：「公司一堆狗肉數，按怎掠都掠未直（公司一堆糊塗賬，再怎麼抓賬都兜不攏）。」不是公司有一堆人去吃了狗肉，搞不清楚要付多

少錢喔。

　　「狗肉數」算不清，可能就會變呆帳，呆帳台語有幾種說法，一種叫「歹數」，就相當於「壞帳」；也有人說「倒數」，其實「倒數」有兩種意思，一是指「倒債」，欠錢不還，例：「伊加我倒數（他欠我錢不還）。」另一個是「呆帳」，也就是收不回來的帳。

　　過去台語多用「方數」[2]來指稱「呆帳」，例：「伊有一筆方數，到今猶收未轉來（他有一筆呆帳，到現在還是收不回來）。」

　　很多事情過去就算了，但是很多人喜歡翻舊帳；陳年舊帳有人稱「久年舊數」，也有人稱「長年數」。關於「翻」，有人寫「翻」，也有人寫「反」，但是「翻」讀【觀一喜】（hoan-1）、「反」[3]音【觀二喜】（hoan-2），台語用的也不是這兩個北京語文字，而是用「熘」【ㄐ七柳】（liu-7）[4]，「熘」是一種烹飪法，《彙音寶鑑》的解釋是：冷物再蒸使其重溫。

　　「熘長年數」通常不會有好結果，而且越扯會扯出更多的「狗肉數」，奉勸大家，「久年舊數」就算了吧。

本文拼音參考。

漢字	十五音	白話字	台羅拼音	台語同音字
數	嬌三時	siàu	sàu	少、帳
	沽三時	sò	sòo	素
	公四時	sok	sok	束、速
反	觀二喜	hoán	huán	返
要	經二邊	péng	píng	炳、秉

漢字	十五音	白話字	台羅拼音	台語同音字
冇	監三頗	phàⁿ	phànn	秕
熠	ㄐ七柳	liū	liū	鰡

後記

　　王小姐回應：「這種時候，就會覺得選擇吃素，真的是太好了！好佳哉，我食菜。」

　　余先生回應：「台語有一句俚語『狗肉扶起來，沒扶倒』，這句話『狗肉扶起，沒扶倒』，就是罵人『趨炎附勢』的相等詞。」

　　謝謝余先生的提點，這是很有趣的一句俚語，這句俗諺收錄在俗諺專輯《番薯不驚落土爛》冊446篇〈狗肉扶起來，無扶倒〉一文中。

註釋

1. 「數」請參考《阿娘講的話》冊027篇〈空思妄想〉。
2. 「覂」請參考《阿娘講的話》冊015篇〈撐踞覂〉。
3. 「冇」請參考《偕厝邊話仙》冊124篇〈冇冇有有〉。
4. 「熠」請參考《偕厝邊話仙》冊170篇〈熠甜粿〉。

333

傍你的福氣

小兒子突然從學校宿舍回來，我問他怎麼了，他說回來參加托福考試，於是晚上找他一起到外面用餐。

託「托福」的福，有機會跟兒子吃飯（他回來經常都是跟朋友吃飯）。

「托福」，TOFEL（Test of English as a Foreign Language），中文用「手」部的「托」，但是當遇到好久不見的朋友問您近來好不好，您說：「託福、託福，託您的福」，這「託」就應該寫言字旁的「託」。

「託」有囑咐、請求或委任的意思，如把事情交人處理叫「託付」、「委託」，有時神明或往生者在把事情告訴睡夢中的人叫「託夢」，假借生病而推辭某項工作就叫「託病」、「託故」。「託」台語讀做【公四他】（thok-4，寄也，委也，信任也），最常用的是「拜託」、「信託」等詞。

「託」也作「托」，如「推託」與「推托」二者寫法皆可；現在的「幼兒園」以前的稱「托兒所」，因為是將小孩託付別人照顧，所以理應稱為「託兒所」，可見這兩個字被廣泛地代換。

其實「托」本指用手掌承舉東西，如「托腮」、「托

缽」、「托著茶盤」、「向上一托」；『彙音寶鑑』說「托」同「託」，讀音也相同。

不過，「托」在教育部《台灣閩南語常用辭典》有兩種讀音，另一種是thuh，用手掌承舉，例：「托下頦（用手撐著下巴）」。或是以長形物體為支點或著力點，來頂住、拄著或撐住，例：「托杙仔（拄杙杖）」、「托戲尫仔（搬演戲偶）」。但是這應該要用「拄」才適合，「拄」讀為【龜四地】（tuh-4，以杖距地，又拄地也）或【居二曾】（chi-2，掌也、支也），教育部是不是要再考慮一下？

扯遠了，我要說的是「託福」，台語會說「傍你的福氣！」

「傍」，有好幾個讀音，【公五邊】（pong-5，側也，同旁）、【經一邊】（peng-1，傍晚、不得已也）以及【煇七邊】（png-7，傍靠、倚傍）和【煇一邊】（png-7，倚傍曰傍）。

北京語中「傍」也有類似上述的用法，但是，北京語說「傍晚」，台語口語卻不這樣說，有興趣請參考《偕厝邊話仙》冊151篇「暗頭仔」。

【煇七邊】（png-7）的讀音就是我們說「託您的福」—「傍你的福氣！」用的。

「台語字珍趣味」舉了一個蠻有趣的例句：「伊傍個老爸的權勢，烏白加人糟蹋，這就是正港的狗傍人勢。」北京語說「狗仗人勢」。另一個例句是「腳踏馬屎傍官勢」，它是在形容以前小吏跟著大官的馬車出巡，就算踩到馬屎，還是覺得洋洋得意，頗為威風，這句話實在寫得很傳神。

「相偎傍」有「相互依靠、相互扶持」的意思，例：「逐家相偎傍咧做頭路。」（大家互相幫忙創業做事）。

　　「傍你的福氣！」，第四冊也寫三分之一了，謝謝您的支持！

本文拼音參考。————————————

漢字	十五音	白話字	台羅拼音	台語同音字
託	公四他	thok	thok	托
托	公四他	thok	thok	託
拄	龜四地	tuh	tu	眈
	居二曾	chí	tsí	只、指
傍	公五邊	pông	pông	旁
	煇七邊	png	png	飯
	煇七邊	png	png	方
	經一邊	peng	ping	冰

334
刺泡

　　Youtube上曾看過一個影片，沈玉琳先生問謝龍介先生「草莓」台語怎麼說，這是一個好問題。很多東西古時候沒有，後來才傳入中國，年代早的可能還會有名字，例如長頸鹿是唐朝國外的貢品，因貌似麒麟而被取名「麒麟鹿」；但也有的沒有「標準名字」，稱法不一，發音各異，地瓜就是一個例子。

　　「草莓」雖然是我們熟悉的水果，卻很少被用台語稱呼，其實水果的北京語寫法跟台語的讀音搭不起來是很普遍的現象。

　　蘋果，教育部台灣閩南語詞典說是「蓬果」，「蘋」台語音與「屏」的台語相同，但是台語不說「蘋果」。

　　香蕉，字典說是「弓蕉」，但是有些人講的是「斤蕉」。「弓」和「斤」的音不同。

　　鳳梨，字典說是「王梨」，教育部說異用字是「鳳萊」，但是「鳳」和「王」的發音並不一樣。

　　西瓜，「西」讀做【嘉一時】（se-1）或【皆一時】，但是並不是【居一時】（si-1），的音，我懷疑這又是一個走音的例子。倒是台語的「西瓜」是「絲瓜」的音，而是「絲瓜」台語是「菜瓜」。

龍眼，字典說台語唸做lîng-gíng，又唸做gîng-gíng。我不知道是走音或是腔調還是其他原因，因為「龍」是【恭五柳】（liong-5）或【經五柳】（leng-5）的音，「眼」應該是【干二語】（gan-2），但是大部分的人是讀【經五語】（geng-5）、【經二語】（geng-2）。

番石榴或芭樂，台語叫「林菝仔」或「菝仔」。你如果去查國語字典，「菝」是一種草，我相信這也是借用的。

番茄比較有趣，有一種說法它是西班牙語的Tomates，傳到菲律賓用宿霧話說是Tamatis，或是加祿語Kamatis，傳到泉州變成「柑仔得」，然後到台灣變成「柑仔蜜」。不過也有人叫它「臭柿仔」。

蓮霧的國語和台語可能大部分的人不會有意見，但是各地方「蓮霧」兩個字的台語發音還是不同，推測原因要從原產地來看，它來自印尼的Jambu，清朝的時候的譯音包括「暖霧」、「軟霧」、「翦霧」、「剪霧」、「染霧」、「璉霧」、「輦霧」、「蓮霧」或「南無」等，雖然以「蓮霧」通行，但「剪霧」和「染霧」的音其實更接近Jambu。（摘自The News Lens）

芒果為何叫「樣仔」？它原產地印度和周圍國家的稱呼，都是跟「芒果」的音蠻接近的，但為何台語叫「樣仔」，可能要問康熙時代福建巡撫呂猶龍。清康熙五十八年（1719年），福建巡撫呂猶龍曾將台灣「番樣」進貢給康熙皇帝，還寫了奏摺介紹一番。結果康熙皇帝沒有試吃，就批示說，我看到了這無用的東西，你以後別再送來了：「今已覽過，乃無用之物，再不必

進。」

奇異果，台語叫猴頭果、猴桃仔。有人說它叫羊桃，原生於中國東南，是獼猴桃屬，二十世紀初Isabel Fraser傳到紐西蘭，給它英文名 Kiwifruit。

百香果的花朵和時鐘很像，日文「時鐘」寫做「時計」，所以就台語唸「時計果」。台語老師劉上君說：「因為南腔北調的關係我從小都唸『酸計果』。」不過在教育部《台灣閩南語常用辭典》的建議是「時計果」。

回到沈玉琳問謝龍介的「草莓」。大部分人用北京語稱呼，有些人用日文「イチゴ」。台語有人叫它「刺波」或「刺梅」，也有人說是「草恩¹」或「刺泡」（因為台灣土生野草莓的外表一顆一顆的像泡泡又像刺）。因為這是外來的物種，對台語是新的東西，在沒有標準的時候，我們不能說誰對誰錯。有些東西是音譯，轉成國語或台語走音是必然（當然也有可能有些是經年累月下來的走音）。

最後，水果的台語是「果子」，要記得「吃果子，拜樹頭。」

本文拼音參考

漢字	十五音	白話拼音	台羅拼音	台語同音字
斤	巾一求	kin	kin	根、筋、巾
弓	恭一求	kiong	kiong	宮
龍	恭五柳	liông	liông	隆、瓏
	經五柳	lêng	lîng	零
眼	干二語	gán	gán	俺

1. 大台文系教授李岸勤說草莓的台語稱呼為「草恩」（tsháu-m）。如果是（m）的音，應寫為「茉」。

335
圓仔粞

　　這幾年冬至吃湯圓都是在公司吃，我不太喜歡吃糯米食品，所以也不太喜歡吃湯圓，因此在公司吃一碗，回家就不會再吃了。不過，現在市售所謂的湯圓很多是「元宵」，不是傳統的「湯圓」。

　　「元宵」是用餡料沾水，再放在糯米粉上不停搖晃滾動，讓餡料外圍沾上糯米粉滾成圓球，它的口感較扎實、有咬勁，比較常用的甜餡是芝麻和紅豆。

　　做「湯圓」要先做「圓仔粞」，教育部《台灣閩南語常用辭典》說：「圓仔粞」是糯米團，糯米漿脫水之後的塊狀物，是製作湯圓的基本原料，取一小塊「圓仔粞」在手掌搓成圓球形就是湯圓。

　　除了「圓仔粞」，還有「粿粞」、「米粞」，水份的程度不一樣。小時候看大人做「圓仔粞」是把糯米加水磨成漿之後放入布袋，再用重物（如大石頭）壓在布袋上析出水分成為塊狀物，即為「圓仔粞」。但是，「粞」，其實它讀做【嘉一時】（se-1，末碎曰粞），正確的字應該是「粞」，【嘉三出】（chhe-3，末屑也）。教育部要檢討的字可能又多了一個。[1]

湯圓是用「搓」的，不是像元宵用「滾」的。

「搓」，台語讀做【高一出】（chho-1，摩也）或【瓜一時】（soa-1，挪開也）。讀為【高一時】（sə-1）的應該是「挲」。「挲」是以手撫摸，如「摩挲」，在台語用這個字應該比「搓」字要適合。

「挲」字用的地方還不少，對小孩子摸摸頭表示關愛會「挲頭殼」，這也用表示對人安撫之意，但不是真的摸頭。料理魚的時候，先在魚身上灑一點鹽巴，並用手輕輕摩擦使之均勻叫做「挲鹽」。

「挲圓仔」，除了真的是在搓湯圓，另外有衍生的意義，通常是在競選或競標的時候，透過私下的商議、協商，談好利益的分配，使人退出檯面上的競爭。

「挲圓仔」變成私下的商議、協商的黑話，聽說是從日文來的。日語有句話「談合入札（だんごうにゆうさつ）（dan-gō-nyu-satsu）」，其中「談合（dan-gō）」是協商、商議，而「入札（nyu-satsu）」是投標，「談合入札」簡單說就是「圍標」。「談合（dan-gō）」的諧音日語「糰子」，就是台語「圓仔」，所以一群人圍標或聯合起來磋商「撨」[2]事情叫「挲圓仔」。這樣的事情在政界選舉經常發生，政黨在同一個選區有實力相當的候選人，為了不分散票源讓他黨候選人漁翁得利，就會運作「挲」掉其中一人，這時被「挲」掉的通常會有相對應的報酬代價，大家各得其利。

「挲圓仔湯」是我們在日常生活中最常聽到的，「挲圓仔」是一個製作「圓仔」的過程，「圓仔湯」是圓仔煮成甜湯，沒辦

法再挲了。在語法上「挲圓仔」是比較合理的，不過「挲圓仔湯」成了約定俗成的用法。

本文拼音參考

漢字	十五音	白話字	台羅拼音	台語同音字
栖	嘉一時	se	se	梳、西
𥻳	嘉三出	chhè	tshè	脆
搓	高一出	chhə	tsho	磋
	瓜一時	soa	sua	沙
挲／抄	高一時	sə	so	騷

後記

有未呂小姐問道：「還有一個字。請教您我真的找不到。……小部份的粿ㄑㄝˇ煮熟。加入一起ㄋㄨㄚˋ。增加米糰的延展性。那個粿（ㄅㄛˊ）？現在名稱很多。我只想知道阿娘的說法，粿（ㄅㄛˊ）怎麼顯示。謝謝您。」

這個問題，我們這裡單純用「生」和「熟」稱呼，可能跟其他地方不一樣，基本目的是讓湯也比較不會混濁。呂小姐又說：「生ㄑㄝˇ和熟ㄑㄝˇ。我們是用在米糰炊熟之後再包餡塑型的是熟ㄑㄝˇ。先包餡，塑性之後，上鍋炊蒸，叫做生ㄑㄝˇ。」嗯，是不一樣。

李先生說：「我雲林虎尾人打小講台語～現在平常生活對話也是台語。」說真的，講台語的人口還是不少，只是平均年齡隨時間不段爬升，年輕人還是比較少，不過，另一個重點也是我們所在意的，許多詞彙、用法開始失傳。

1. 教育部說異用字是「檫」,這是個電腦有的字,但是字義卻不詳。
2. 「撫」請參考《偕曆邊頭尾話仙》冊102篇〈耗造〉。

336
佔權

　　有時候看到一些事物，會伴隨著一堆聯想畫面，特別是很久以前的、小時候的片段影像或經歷。例如我聞到某一種味道，會想起媽媽炒的菜；看到一種紫色會想起爸爸從日本帶回來給我的玩具飛機；吹到某種溫度與濕度的風，會讓我憶起在英國念書時從宿舍走到學校的情景；聞到樟腦丸的味道，會瞬間帶我進入兒時家裡的衣櫃抽屜。我不知道這是不是初老的象徵。

　　莫斯科基督救世主大教堂前跨過莫斯科河的橋上鎖了很多鎖頭，稱之為「愛情鎖」，情侶們把鎖頭鎖在鐵橋上，把鑰匙丟到河裡，作為愛情不渝的誓言。這種「愛情鎖」歐洲很多，聽說它始於一次大戰前塞爾維亞弗爾尼亞奇卡礦泉鎮的摯愛橋（Most Ljubavi），但是我看到一堆鎖捆在一起的時候，我想到的是國小時候的鞦韆，這有點跳tone，但卻是真的。

　　國小時的鞦韆是鐵鍊的，不懂為什麼有人很無聊，會把兩座鞦韆纏在一起，要玩還得辛苦地解開；還有一種人很惡劣的人，坐一台，手拉一台，占著不讓別人玩，這都是「占」。

　　「占」，占據，以強勢霸道的方式據為己有，例：「占位（占據位子）」。捷運上偶而還會看到一些人，有的是用包包放

在旁邊的位子，有的是兩腿打開，這樣真的不好。

「占」也當在整體之中所分配的比例，例：「占大多數」。還有一種用法是北京語不用的：勸阻、制止，例：「彼兩个囡仔咧諿詼[1]，你緊去加占（那兩個小孩在吵架，你趕快去勸阻一下）。」這種用法以前還蠻常見的，小時候有人打架，常會有其他人在旁邊起鬨：「互死！莫加占！」呵呵，我這初老者又想起小時候廟埕前同學哥哥打架的影像！

「占贏」，出現在李翊君「為錢賭性命」的歌詞：「有錢人講話大聲，萬事攏占贏。無錢人佔在世間，講話無人聽。歹命人就要打拼不通乎人驚。啊！世間的，世間的歹命人，為錢賭性命！為錢賭性命！」

「占贏」的意思是「佔上風、不肯認輸」，例如：「占贏不占輸（只想佔上風，不想屈居下風）」。不過這「占輸」會讓我們有點錯亂，「輸」還需要「強勢霸道的方式據為己有」？但是，台語就是這樣用。

歌詞有一句「無錢人佔在世間」，許多人都寫為「無錢人站在世間」，「站」讀為【甘七曾】（cham-7），應該是「佔在世間」，「佔」讀【兼三曾】（chiam-3）或讀這裡的【兼一地】（tiam-1）。

「占權」卻通常當作謙辭。幾年前我們村子舉辦「將庄人藝文聯展會」，發起人前監察委員吳豐山先生在開籌備會的時候引言：「歹勢，我較占權，我先講幾句話……。」「占權」表面上的意思是占了大家的權利，或是有「踰越權力」的意思。其實，這會議本來就是應該由他先說話，也是名正言順，但他簡單的用

這幾個字自謙地說，完全體現了優雅的台語的適切用法。

從莫斯科基督救世主大教堂的愛情鎖，到將軍國小操場旁的鞦韆鏈，是不是跳太遠了？您有沒有跟我相同的情況，會想起小時候？

本文拼音參考

漢字	十五音	白話字	台羅拼音	台語同音字
占	兼三曾	chiàm	tsiàm	佔
佔	兼一地	tiam	tiam	砧
站	甘七曾	chàm	tshàm	暫
權	觀五求	koân	khuân	高

註釋
1. 「謼讌」請參考《阿娘講的話》冊088篇〈謼讌〉。

337
掯定

　　要過年了，朋友回娘家幫忙大掃除，在她媽媽的衣櫥發現一條老棉被，紅絲線繡著一個「囍」字以及她父母結婚的年度「1964」，可能是她媽媽的嫁妝。一個甲子之前，是我們父母親結婚的時代，現在差不多是我們下一代要結婚的時候了。我有個外甥、有個姪子、有個堂侄，都是最近去辦登記，不知道是不是單純因為疫情的關係，很多年輕人不辦大型的婚宴，有的甚至客都不請了，三五好友爬玉山成為他們的婚禮形式。

　　當然還是有些人會依照禮數，先去「提親」，再安排訂婚。現在的提親通常是男女雙方家長見見面，吃個飯，聊一聊。三、四十年前，提親都是媒人出面接洽，完成後給予紅包，那時媒人算是個報酬高的好差事。

　　現在所稱的「訂婚」在以前婚俗的流程裡算是「掯定」，男方擇定吉日，第一次向女家致送訂婚聘禮，聘禮一般包括聘金、金飾、羊豬、禮燭、禮炮、禮餅、蓮蕉花盆等，也稱為「過定」、「小定」、「小聘」、「送定」，例：「伊已經去阿玉仔個兜送定矣（他已經去阿玉家下聘了）」。

　　結婚前一天叫「花銀珠」，說真的，這三個字我是照發音寫

的，有人說可能是「回婚書」的誤讀。從周朝傳下來的「三書六禮」，「六禮」是指程序儀軌「納采、問名、納吉、納征、告期和親迎」；而「三書」則是指除了禮物、禮節之外的文字憑證，即「聘書」、「禮書」和「迎親書」。古代這「三書」，到了民國時期，又有了一個更直接的名稱，叫「婚書」，等於現代的「結婚證書」。「花銀珠」在迎娶之前，所以可能是指送「迎親書」的這件事，是走音的結果，但究竟對否，就需要從民俗再考證。

大家都說台南人「嫁妝一牛車」。古時候女子出嫁，都要準備「房內傢俬」，東西需要運送，牛車就是最受倚重的運輸工具，後來慢慢地演變有縫紉機、摩托車、到汽車。所謂的「掀嫁妝」，就是掀開嫁妝箱，看看箱底壓多少錢，從古時候的金、銀，近代的鈔票現金，後來再改為支票，而今已經沒有人在掀嫁妝了。

朋友發現的老棉被是收在媽媽的嫁妝衣櫥，跟我媽媽的嫁妝「篅笥¹」長的幾乎是同一個模樣，想必當時很流行，連咖啡櫥也長得一樣。

至於舊棉被上的「囍」字，聽說當時打棉被的職人都是很貼心的，不但外被要做得漂漂亮亮，講究一點的，連一般不會看見的裏被棉心也都不馬虎。

後記。────────────────

塗豆仁學台語說：「回姻書？huê-in-chu」。

呵呵，可能是喔！

338
刀路深

　　許多業務成交的模式令人咋舌。

　　到越南拓展業務時，有位台商朋友帶我去胡志明市第一郡W咖啡。越南人喝咖啡很特別，大家比肩而坐，同時面向馬路，跟我們面對面坐的習慣不同。這家咖啡廳播放很吵雜的律動節奏音樂，朋友說越南人喜歡在這種地方談事情，因為無論說什麼隔壁桌的人都聽不見。

　　我第一份工作到業務單位實習的時候，跟業務主任拜訪南部經銷商，有的經銷商見主任來了，桌上就擺上一瓶超大瓶日本紅酒Akadama，說要談業績目標前，得先把它喝光。

　　我也聽說過有貨運公司想買二百五十台拖車頭，邀車商業務到酒店，說只要把在場所有人灌醉，訂單就是他的。

　　有個朋友說他初接觸巴士業務，才了解整個業務生態的複雜性，牽涉到交通部的補助、公車處的業務、路線經營權、以及公車業者、車體打造商利益分配的問題，結論是這行「水很深」。

　　「水很深」應該是出自老子《道德經》「上善若水，靜水流深」。「靜水流深」是指在平靜的水面之下卻是深不見底的洶湧洋流，用來暗喻表面不聲不響的人卻蘊藏著大的智慧。

現代人說「做這行水很深」中「水很深」的意思是每個行業都有特別的潛規則，「水很深」在提醒人這個行業已經有一定的複雜潛規則，要充分瞭解，才能在這個行業中生存下去。

　　「這個人的水很深」中「水很深」則是說這個人城府深、心思重、心計多，是個老謀深算的不簡單人物，用來提醒別人多加注意，此外也是帶有嫉妒味道的讚賞。

　　台語有一句「刀路深」。

　　「刀路」有一個意思是用刀的手路、刀技之意。俗話說「欲殺豬，著捌刀路」，想要當屠夫，就要了解豬身體的骨骼與肌肉紋理以及用刀的方法，「刀路好」則是用來形容「了解肉、菜的切法」。古代的受刑人眷屬會賄賂刀斧手下個「好刀路」，就是祈求讓受刑人快速了結。

　　「刀路深」用在醫生、師傅，形容的卻不是說他的醫術高明，技藝高超，或是藏著大智慧與深厚功力，而是暗喻講他收費高、工資貴。

　　「刀路深」在《廈英典補編》有收錄一種解說「a great schemer; a dangerous man」，是「大陰謀者、危險人物」的意思，這跟前面提到「這個人的水很深」意思及用法近似。

　　看到這裡，會不會覺得台語也很深，不過不要用「水很深」來形容，因為現在的用法跟老子的用法已經不太相同。

後記。———————————————————————

　　陳小姐說：「有喔，阮嘛按呢講，毋過阮teh講ê彼ê第一字ê音小可無全，所以我攏一直掠準是『道路深』。」

339
豆菜底

　　2022年底的九合一選舉，民進黨林志堅被爆論文抄襲，最後他在台灣大學以及中華大學的兩個碩士學位都被撤消，也退出新竹市長的選舉。論文抄襲的學倫問題引發一狗票政治人物論文被檢視、質疑，也使得桃園市長鄭文燦不但失去台大碩士學位，也讓他原本看似有爭取2024總統大位的機會成為泡影，連要安排他接任閣揆都有困難。被撤銷學位的也不只他們兩個，還有基隆市長參選人蔡適應的博士學位，我覺得最嘔的應該是國民黨新竹市長候選人林耕仁，其他人至少都鬧得「轟轟烈烈」的，但是林耕仁選到讓人完全感覺不到他的存在，最後沒選上也就算了，連的陽明交大碩士學位也賠上了。

　　台語對於「用錢買學位的人」有個形容詞，叫「豆菜底个」，這應該是源自於「是扁食底个，不是豆菜底个」這句話。

　　做料理，特別是做麵的，有的為了呈現大碗的效果，碗底舖了便宜的豆芽菜，而不是餛飩，狀似滿滿一大碗卻缺乏真材實料，所以用錢買學歷或是突然成功、暴富的人，就被稱為「豆菜底个」，比喻空洞無實質內容。

　　不過，「豆菜底个」也不要隨便亂用，特別是對於女性。雖

然民眾黨新竹市長候選人高虹安和國民黨南投縣長候選人許淑華都被質疑，後來被證明學位沒有問題，最後也登順利當選，但是前次參加高雄市長補選的李眉蓁就是論文有問題的。而之所以不要亂用，是因為「豆菜底个」常常是形容自煙花界出身的女人。

「豆菜底」這樣的用法，有一說是煙花女的賺錢，就像鬱豆芽菜[1]一樣，被男人壓在上面，才使豆子發芽（賺錢）。

臺灣很多老一輩有身分地位的人或企業家，經常出入歡樂場所，與喜歡的娼妓有感情了，就帶回家當小老婆。過去社會較保守，也為了尊重這些有身分地位的人，大家都不會明講，而間接地用「豆菜底」來形容。所謂「底」就是指她過去的背景，目前還在做的就不用「底」字。（有次聽到兩位先生聊天，一位說：「阮二个攏是『薪禾底』」意思是過去都是上班族，現在退休了。）

「豆菜底」這個詞被也被應用在當過計程車的車輛上。桃園曾經有一個二手汽車買賣的糾紛，買家發現車上有黃色噴漆，驚覺買到的是「豆菜底」，在舊車的買賣上當計程車用的同年份車價格比一般自用車可能要低個十萬左右，甚至更多，以致有上當的感覺。這裡，這個詞的使用，不知道是否跟歡場女子被認為「呼之即來」，和計程車類似有關。

上個月蔡英文在臉書發文，刊出在總統府接待台灣鄉土詩人吳晟的照片並表示應該「尊師重道」。有網友諷刺蔡英文：「謝謝讓我認識真實的『尊師重盜』」、「唉！不要再查了，再查下去都變高中生了」、「妳的尊師重道，與黨內假碩博士狂爆形成莫大諷刺」、「本土化的民進黨，就是論文抄襲的近親繁殖」。

選市長、立委、總統，沒有要求學歷是要博士碩士，力求上進想再進修是很好，但是若是只想混個文憑鍍金，就是「豆菜底」，容易被看穿，實在也沒有這個必要。

340
睏坦笑

　　同學會時大家暢談年輕時的事，大一、大二大夥同住在學校宿舍的趣事歷歷在目，也引起笑聲連連。

　　有個故事是：有位陳同學睡上鋪，他的床頭經常有紙團，因為其他三位室友常被他打呼的聲音吵到睡不著，又懶得起床搖醒他，所以就用紙團丟他。有一次，他早早睡去，其他人都還在K書，他又鼾聲大作，這次來不及有人丟他紙團，他自己就起來了，大家正納悶著，他說他被自己打呼的聲音吵醒……。

　　「打呼」，台語說「鼾」，原是打呼的擬聲，但在使用上常常直接指打呼，例：「伊咧睏會鼾，偕伊睏足吵的（他睡覺會打呼，跟他一起睡很吵）。」

　　我習慣側睡，以前是習慣，現在有點是故意，因為我發現仰睡容易打呼。網路上說：「根據研究統計，睡覺側躺對於打鼾的改善率將近六成，它的原理和軟顎舌頭因為重力下墜有關。仰睡時，呼吸道內的軟組織例如舌頭，容易塌陷往後滑，呼吸道會變得狹窄，氣流經過就會振動。但是側睡時，從解剖構造圖來看，呼吸道比較有空間，可以對抗重力，所以側睡時就比較不會打鼾。」

側睡、仰睡與趴睡，台語怎麼說？趴睡比較單純，我們說「仆咧睏」或「睏仆仆」。「仆」，【江四頗】（phak-4，物反也），教育部《台灣閩南語常用辭典》說：向前撲倒，例：「伊跋一下規个人仆落去（他跌得整個人撲倒在地）。」《彙音寶鑑》中，「仆」也可讀【龜三喜】（hu-3，僕也，同踣）；「踣」也讀做【龜三喜】（hu-3，）是跌到的意思，《聊齋誌異》〈卷一勞山道士〉：「頭觸硬壁，驀然而踣。」所以，「仆」應該偏重於「跌倒」的動作，而若是「趴著[1]」較偏於一種狀態，應該是用說「覆咧睏」或「睏覆覆」；「覆」有一個音【公三喜】（hok-3，蓋也），而這裡就同「仆」讀【江四頗】（phak-4），解釋為「身覆也」。有句台語說：「覆咧覆咧，才未著槍。」若對面的敵軍機槍掃射，要盡量貼近地面才不會中槍，引申為做人要低調一些，這在叫人「趴著」，不是要你「跌倒」。[1]

　　「仰睡」則稱為「睏坦笑」或「睏笑笑」。這應該不難理解，因為我們擲筊杯的時候，兩個筊杯面上也叫「笑杯（笑桮）」。

　　「笑」還有一個特別的用法：指傳統米食「發粿」在蒸煮時表面裂開的情況，例：「發粿炊了有笑（發粿蒸得表面裂開）。」是不是蒸得裂開了才是真的熟透，應該請教一下會做發粿的。

　　至於我習慣的側睡，則叫「睏坦敧」或「睏坦身」，例：「伊攏睏坦敧，不捌睏坦覆（他都側睡，不曾趴著睡）。」「敧」，【居一去】（khi-1），傾斜的意思，例：「敧一爿

（斜一邊）」、「壁敧去（牆壁傾斜了）」。「重敧爿」指不平衡、輕重不一或不公平，例：「這擔青菜重敧爿（這擔青菜左右不平衡）。」「坦敧身」是指的身體向左右兩邊偏斜的狀態，例：「你愛坦敧身才會當過（你要側身才可以過）。」

「坦敧」是斜的，斜過頭就變橫的，叫「坦橫」。

睡覺很重要，所以睡覺的姿勢很重要。睡個好覺，醒來才會有精神，才不會「無神無神」、「頭眩目暗」、「烏暗眩」。

本文拼音參考 ◦

漢字	十五音	白話字	台羅拼音	台語同音字
魟	干二喜	hán	hán	罕
	姑五求	kôⁿ	kônn	--
仆	江四頗	phak	phak	覆
踣	龜三喜	hù	hù	富
覆	江四頗	phak	phak	仆
	公八喜	ho̍k	ho̍k	復
敧	居一去	khi	khi	欺

註釋
1. 「趴」字《康熙字典》及其以前的字書都沒有收，《彙音寶鑑》也沒有。可能是民國初年白話文學興起後才出現的字，它第一次出現於1945年的《國語辭典》，字義是「伏」。
2. 彙音寶鑑》【江四頗】的音有一個字「趉」，伏臥趉地。但是這個字《康熙字典》沒有收錄。

341
子母對

　　昨天收到一封法務部催繳一零九年度少繳所得稅款623元的補稅通知書，因為我先前忘了繳，被書記官要求一個月內到案，並要加計利息1元。

　　今天到兆豐銀行想開個帳戶，行員說我已經有一個很久沒用的，正覺得納悶，她說這是九五年從交通銀行轉過來的帳戶，我三十年前第一份工作需要，在交通銀行開的帳戶一直留著沒取消，後來中國商銀及交通銀行合併組成兆豐國際商業銀行，轉成新帳戶。九五年時還有413元存款，十七年過去了，餘額還是413元，連一塊錢的利息都沒有。

　　我說這真的是低利率時代，朋友說：「沒跟你收保管費就不錯了！」說的也是，記得以前在加拿大有個帳戶，存款低於某個金額，銀行每個月會扣款收保管費。

　　幾年前就聽說未來有可能會是個負利率的時代，真的跟古時候差異很大呢。過去的人為了急於籌錢周轉，有許多需要現金的人只好借高利貸。

　　有句話說「放五虎利，存錢未過後代」，「放五虎利」是放高利貸，「存錢未過後代」是就算能賺錢，也無法傳給後代，

意味賺沒良心的錢留不久。聽說這是源自一個台南府城的真實故事，有位先生專放高利貸，結果無子嗣而終[1]。高利貸利息有多高，我們來算一下。

「五虎利」是以日計算的高利，每天的利息是千分之五，也就是借一千元，一天的利息是五元。依這樣子計算，年利率高達180%！這數字是被罵慘的公教人員優惠存款的十倍。

千分之五的重利，如老虎般地傷人，所以稱為「五虎利」。這樣的利率，借個七個月不到，利息就跟本金一樣多，一般稱為「子母對」。「母」是本金，「子」是孳息。過年期間很多人喜歡到廟裡求「發財金」，俗稱「錢母」，希望在做生意、投資時用這些錢以錢生錢，在神明的加持下能夠一本萬利。

現今仍然有許多地下錢莊放高利貸，時不時會在新聞中看到暴力討債的社會新聞。「放高利貸」除了「放五虎利」，也有人稱為「放十虎利」或「放虎利」，千分之五就很可怕了，何況是十。一般台語也會稱為「放重利」，例：「放重利的人會無好死（放高利貸的人會不得好死）。」

台灣法律，放高利貸是違法的，根據民法第205條，基本上年利率超過20%就叫做「高利貸」；或許是因為這一條法律，銀行信用卡的循環利率約13.5~15%，不會到20%。

2015年新聞：屏東縣里港分巡邏盤查到一位謝某，發現他長年在外以「放粒仔」為業。「放粒仔」算是台灣黑話，意思也是放高利貸。

後記。

楊先生說：「今嘛是16%。」

真的是很高呀！特別若是用複利計算，3%就很可觀。

註釋

1. 連橫《雅言》曾提到：「台南有張某者，亦讀書人，素放重利，人呼『張管甫』；擁資雖厚，而子孫多夭折，已不能保有矣。」「管甫」原為清代戍台之兵，到各地管治安，稱「管甫」，放五虎利者多為管甫，故以管甫稱放高利貸之人。

342
無路

　　我星期六、日的早晨都會獨自出門，家人覺得奇怪我都到哪去了？怎麼都「有路通去？」

　　其實，因為假日只有我自己早起，兒子們都睡過中午才會起床，所以我都會看網路介紹的早餐店，一間間嘗試。台北網紅早餐店很多，燒餅油條是一類，像是阜杭、鼎元、吳家豆漿；蛋餅是一類，天母豆漿、津津豆漿、石牌無名手工蛋餅；飯糰也很多，像太朗飯糰、飯糰霸；傳統的台灣早餐，像鮮魚湯（以馬內利）、肉羹、米粉……，延平北路、迪化街附近的廟口可以發現生意超好、超多種類的攤販，像賣麵炎仔金泉小吃店、劉美麗紅燒肉、大橋頭桶仔米糕、許仔豬腳、旗魚米粉、老麵店……；最近流行的肉蛋吐司、炸蛋餅，很多是年輕人創業開的；還有西式咖啡、麵包、碳烤土司、蒸氣吐司、磚壓三明治、漢堡類的，像連鎖的星巴克、路易莎，或是餓店、良栗商號、八禧碳烤土司、偷吃吐司。比較特別的賣獅子頭燒餅、新疆豬排蛋蔥花餅的秦小姐豆漿，滷肉飯、肉包……。

　　所以，不會「無路通去」。台語「無路」的「路」，其實並不是「路」，而是指「地方」。「無路通去」、「有路通去」是

指「沒地方可以去」或「有地方可以去」。

如果家裡空間不大，想買一張按摩椅，你可能會擔心「無路通囥（沒地方可以放）」；人太多、太擁擠，沒地方站，叫做「沒路通立」；紙太小，已經寫滿、畫滿，叫「無路通寫」，這些「路」都可以換成「位」，就是「位置」，指「空間、地方」。

北京語有「走投無路」，據教育部《國語辭典》的說法，「走投無路」是形容「陷入絕境，無路可走」，也作「走投沒路」，「投」有投奔、投靠之意。而「路」呢？

元代楊顯之《瀟湘雨》第三折：「淋得我走投無路，知他這沙門島是何處酆都。」《文明小史》第十九回：「現在不知吉凶如何，急得他走投無路，恨不能立時插翅回去。」有的做「走頭無路」，清代夏敬渠《野叟曝言》四十四回：「趁著那沙威火焰，潑風也似的真罩過來，眾人魂不附體，走頭無路。」從這些例句來看，不管是「走頭無路」或「走投無路」，「路」就是指「處所」，而不是「一條路」，要逃的時候，有地方就可以，不一定要選一條馬路。

說真的，這讓我不禁懷疑「無路用」與「無祿傭」的論證。一個人或一種東西「無路用」，就是「沒地方用」，就是派不上用場、用不上，就是沒有用，解釋反而單純、直接。

早上早一點起床出門嘗試新的早餐店是件很愉快的事，順便逛逛、走走路也很健康，何況有這麼多選擇，不會「無路通去」。

343
瘦抽胖肥

　　吃過晚餐，給自己開了一包corn chips，抓一把堅果，當然不能少的是兩個shots的威士忌，午夜前是屬於我個人的寫作時間。愛管事的小兒子卻過來跟我說：「老爸，不要吃那麼多零食，你已經那麼胖了！」

　　一語驚醒夢中人，我霎時明白一個人生很重要的道理：「小時候瘦不是瘦！」

　　我從小，好吧，我小時候是個瘦子，只有骨頭沒啥肉的那種，不過雖然肉不多，卻還算結實，所以雖瘦但不弱。要不是大家不太敢開我玩笑，我的綽號一定是叫「瘦猴」。今天就不討論帶揶揄心態的用詞，我們談形容「瘦」的「瘦抽」和「香」。

　　「抽」，【ㄐㄧ他】（thiu-1，引也），就是「拉」的意思，就像製作糖蔥，一次一次地拉長，叫「抽糖蔥」；小孩子在成長期快速地長高，我們都會用「抽高」來形容，例：「伊囡仔時較大箍，國中了後抽高起來，體格誠好看（他小時候比較胖，上國中後長高了，身材好看得很）！」（台語也稱「拔骨」，拔、抽、拉，有共同的近似解釋。）

　　另一種形容瘦的說法是「香」，讀做【薑ㄧ喜】（hiuⁿ-1，

香火、香香）。「香」除了是拜拜用的「香」，也當「身體纖細、瘦弱」，例：「伊生做香香仔（他長得瘦瘦的）。」這跟前面引用《彙音寶鑑》「香香」的用法相同，基本上與「竹竿」有異曲同工之妙：「瘦曷若竹篙」。它還可以當「消瘦」用，例：「囡仔飼曷一直香去（孩子養得越來越消瘦）。」

「小時候瘦不是瘦！」，「小時候胖也不是胖！」小兒子小時候胖胖的，但是現在算是瘦的，頗有乃父（年輕時）之風。其實他也不算「肥胖」，可能是因為長期服藥，臉圓，看起來有肉，我們稱為「胖奶」；「胖」，字典寫【公三顆】（phong-3，脹也、大也），我們平常聽到的讀音是【江三喜】（hang-3）的音[1]，它比較常用在形容嬰兒肥，例：「這个嬰仔飼曷誠胖奶，生做足古錐（這個嬰兒養得肥肥胖胖的，長得好可愛）。」

對於成人的肥胖，則可以用「胖胖」來形容，這比直白的「大箍呆」要文雅得多。古時候的中國人形容肥胖，有「肥」、「胖」、「腴」、「痰」、「肌膚盛」、「脂」、「膏」等等，基本上是皮下脂肪囤積多了，不過，太肥太胖總是不好。

寫到這裡，我的酒也喝完了，零食也吃光了，需要起來運動一下，消耗掉再次累積的熱量，好縮小我的「水桶腰」、「將軍肚」。

本文拼音參考。

漢字	十五音	白話字	台羅拼音	台語同音字
抽	ㄐ一他	thiu-1	thiu	瘳
香	薑一喜	hiun	hiunn	鄉
胖	江三頗	phàng	phàng	--
疨	江三喜	hàng	phàng	--
胖	公三頗	phòng	phòng	椪

註釋

[1] 育部《台灣閩南語常用辭典》寫「hàng-ling / hàng-ni」，是【江三喜】的音。在《彙音寶鑑》中，【江三喜】有「疨」字，「腫也」，手指若被槌子敲到，皮膚腫了，叫「疨皮」。

344
新娘冠

　　朋友今天嫁女兒，她說前一陣子為了禮服的事，費盡了神、傷透了腦筋。首先是她女兒自己去挑的幾套禮服，她雖不喜歡，但為了順孩子的意，沒說什麼，然而其中一套送客時穿的禮服顏色，女兒的爸不喜歡，一度鬧得有點僵。接下來她媽媽和婆婆的禮服，甚至好命婆的衣服也需要她幫忙打理、問她意見，但各人不同的審美觀和挑剔態度，讓她著實頭痛了一段時間。終於開始準備自己的禮服，她跑了好多家禮服公司，除了穿起來不能搶了新娘子風采，還要跟新娘、親家母的禮服顏色有區別，多了很多限制條件；最好笑的是好強的她聽說親家母決定要穿三套，她也慎重考慮要不要跟進。女人真的很麻煩，不像男生從頭到尾一套打發。

　　我們現在稱新娘禮服為「新娘衫」或是直接稱「禮服」，但是它以前有一個名字叫「帕仔裝」，「帕仔裝」是因「帕仔」而來的服裝，「帕仔」就是指新娘戴的頭巾，也就是「帕仔巾」。有句話說「紅頂四轎扛不行，罩帕仔巾綴[1]人走」。「帕」讀【嘉三頗】（phe-3，手帕、花帕）的音。

　　另外還有「新娘冠」的稱法，「冠」字通常讀做【觀一求】

（koan-1，冕弁總名）、【觀三求】（男子二十歲曰冠也）或【官一求】（koaⁿ-1鳳冠、金冠），它也讀做【檜三求】（koe-3，雞冠花名）。「新娘冠」的「冠」是指「鳳冠」，「鳳冠霞帔」是中國古代的一種命婦禮服和新娘服，鳳冠與霞帔，兩者有不同的起源，從明代開始連稱，並成為命婦禮服的代表服飾稱謂。

現代新娘的禮服多為西式白紗，頭紗也類似「帕仔巾」所以新娘的媽媽幫新娘戴上頭紗也叫「戴冠」。

如果依照字典的解釋，「新娘冠」的「冠」應該讀做【官一求】，但是一般都讀做【檜三求】的音。

流行跟著時代潮流在變，許多事物變的讓我們在認知上會有點打結，例如「頭紗」其實不像「鳳冠」，但是我們仍以「冠」稱呼；而「冠」應該讀做【官一求】，但是我們卻讀做雞冠花的【檜三求】。尤有甚者，古時候台灣新娘的「帕仔巾」也不是紅色的，是黑色的，更不是白色，現代新娘都穿全白禮服和頭紗。

有趣的是現在年青人的婚禮好像變成演唱會或是才藝表演，新人都要賣力上場來一段勁歌熱舞或來個音樂演奏，這也是顛覆我們過去對婚禮的印象。

不論如何，大家高興就好，祝福新人白頭偕老，永浴愛河，這是不變的。

本文拼音參考 ◦

漢字	十五音	白話字	台羅拼音	台語同音字
帕	膠三頗	phà	phà	怕
	嘉三頗	phè	phè	紕
冠	觀一求	koan	kuan	關、鵑
	觀三求	koàn	kuàn	灌
	官一求	koa^n	kuann	官、肝
	檜三求	koè	kuè	過
綴	檜三地	toè	tuè	--
	觀四地	toat	toat	輟

註釋

1. 表示「跟、隨」的台語,教育部《台灣閩南語常用辭典》建議用字是「綴」,例如「跟綴」、「陪綴」,讀【檜三地】(toe-3)。但是《彙音寶鑑》中,【檜三地】的是「對」和「從」,而「綴」字讀為【觀四地】(toat-4,聯也)。這或有討論空間,但我們先採教育部建議用字。

345
齆鼻聲

　　三月二十之後確診者就不用5+N隔離，而我趕上最後一班列車，在三月十八日確診。或許是因為已經打了四劑疫苗，所以我只有輕微發燒兩次，小小喉嚨痛，跟感冒沒什麼差別。

　　為了不讓老爸擔心，我還是正常晚上九點鐘打電話跟聊天，他一接電話就問我是不是感冒，不然怎說話「齆聲齆聲」？

　　我跟他說：是。

　　「齆」是指鼻子阻塞，發音不清楚。「齆鼻」相同於「實鼻」，也就是鼻塞，而「齆鼻聲」有兩個解釋，一個是鼻塞或嗅覺失靈的疾病，一個是指阻礙性鼻音，發音不清楚，簡稱「齆聲」，因鼻子不通而說話帶著很濃的鼻音，也可以稱為「齆鼻」或「實鼻聲」。「齆」，【江三英】（ang-3）。

　　除了「齆聲」，因為咳嗽，聲音有點沙啞也稱「齆聲」。聲音沙啞有許多原因，大部份都不嚴重而且在短期內都會恢復，一般是上呼吸道病毒感染或刺激造成聲帶腫脹。但是如果是長期沙啞一般都是使用聲音過度，太大聲或長期不正確發聲，像在球賽中或搖滾音樂會中尖叫。沙啞的歌喉有另一種吸引人的滄桑，在歌唱界用smoky sound來稱呼，也有人直接翻譯為煙燻嗓。如

果你真的是呼喊過度使得聲帶受傷的暫時沙啞，有些人把它寫成「燒聲」；聲帶腫脹發炎有點灼燙，「燒聲」還挺有創意的，但是它絕對是錯的，因為「燒」的台語是【茄一時】（sio-1）或【嬌一時】（siau-1），不是【交一時】（sau-1）。

教育部《閩南語常用辭典》建議用字是「梢聲」，例：「我喝曷嚨喉強欲梢聲矣，伊猶是無咧加我信篤（我喊得聲音幾乎要沙啞了，他還是不把我的話當一回事）。」這「梢」音是對的，但是總覺得怪怪的。

有一種說法值得參考──「沙喉聲」。許成章先生的《台灣漢語辭典》提到：「沙喉聲sa1-au5-siann1急讀縮音為sau1-siann1，喉嚨破，聲音沙啞也。」章炳麟的《新方言·釋形體》與《漢語大字典》〈沙〉提過：「沙喉嚨sa1-au5-lang5（俗讀音na5）」：今通謂聲破為『沙喉嚨』。」

許多台語尋字並不容易，除了腔調、走音，連音拗音也是個很大的問題。不知道傳承的過程中，有沒有因為說話的人「齆聲齆聲」或是「沙喉聲沙喉聲」而造成走音？

本文拼音參考

漢字	十五音	白話字	台羅拼音	台語同音字
齆	江三英	àng	àng	甕
實	巾八時	sit	sit	翅、植
	干八曾	that	tsàt	鰔
燒	茄一時	sio	sio	相
	嬌一時	siau	siau	消

346

寫遠

　　放假回南部，順便把村子藝文聯展的專輯送給大家，包括參展者、贊助者，以及辛苦幫忙的義工。特別和哥去拜訪了一位今年因為身體不適無法參展的長輩，送他一本專輯，我相信他會喜歡。

　　可惜沒遇上前一日去住院的他，只與他夫人聊了一會，夫人說起他們和我爸媽年輕時一起打球，退休後一起郊遊、泡茶的事情，也聊到隔壁我父親的同事好友吳老師。她說吳老師因為身體不好，過年前就住到他在台東教書的女兒女婿家，女兒女婿買了一塊地建了房子，長輩的夫人說：「伊攏加人品講台東空氣足好！」哥說：「不過，去台東路途寫遠！」

　　台東空氣清新舒適，不是我的重點，我要談的是我哥說的「寫遠」。

　　通常我們會用「遠」來形容，口語是讀做【褲七喜】（hng-7，不近曰遠）。通常表示時間、空間的距離大，或是血統、交情等關係不近，例：「彼个所在誠遠（那個地方很遠）。」如果你想用疊字[1]來形容，可以說「遠lo-lo」，至於lo-lo怎麼寫，倒是需要再進一步探究[2]，許多疊字都是狀聲辭，不一定有字。不

過，「遠lo-lo」有帶點負面的情緒，像在說「好遠喔！」、「太遠了啦！」。

　　如果你要講文言一點的，就說「遙遠」，這時，「遠」就要文讀【觀二英】（oan-2，遼也、久也、遙也、暇也）。這個讀音用在「遠景」、「遠視」、「遠東」、「遠親」、「偏遠」、「疏遠」，都是這麼讀。

　　你也可以用「千里迢迢」來形容，這是我們小時候看布袋戲常聽見的用詞，「迢」，【嬌五地】（tiau-5，高也，迢遞）。

　　有了這個「迢」字，差點害我誤以為「鴛遠」是「迢遠」。「鴛」這個字有出現在教育部《台灣閩南語常用辭典》，但是並沒有解釋字義，在《彙音寶鑑》中解釋為「鴛窅，深也」。「窅」是遠望，《文選謝朓敬亭山詩》：「緣源殊未極，歸徑窅如迷。」「鴛」，讀做【嬌三地】（tiau-3），跟「迢」不一樣。台語的用字，有許多真的好艱深，「鴛窅」這兩個字，我們平常在北京語八百年也用不到吧！以前提過多看古文會學到許多，《封神演義》有段：「昨見殿下負此冤苦，一時性起，反了朝歌，併不曾想到路途鴛遠，盤費全無。」這又是一個例子。

　　值得一提的是，潘科元《台語文理想國日誌》曾提到：教育部《台灣閩南語常用辭典》把「望遠鏡」稱為「召鏡」，這是古時候的人的稱呼法，但如果是「鴛鏡」，是不是更為合適？（「召」與「鴛」同為【嬌三地】音。）

　　吳老師去台東跟女兒、女婿住也是很好的一件事，路途再怎麼「鴛遠」，有親人在的地方就是最好的地方，再遠都不算遠。

本文拼音參考 ◦

漢字	十五音	白話字	台羅拼音	台語同音字
遠	裈七喜	hng	hng	園
	觀二英	oán	uán	婉
迢	嬌五地	tiâu	tiâu	調
寫	嬌三地	tiàu	tiàu	召

註釋

1. 關於疊字，請參考《偕厝邊頭尾話仙》冊130篇〈我的尻川氣怫怫〉。

2. 【高一柳】（lo-1），在《彙音寶鑑》有「覼」字，意思是詳細而有條理地敘述，如「千變萬狀，不可覼縷」或婉轉而有條理，如「眾音覼縷不落道，有如部隊隨將軍。」

347

耙扒仔

前幾天去拜訪權坤兄，他正在整理一些舊雕刻作品，就順便解釋了一些寺廟雕刻與壁畫的涵義，也點出一些我們平常不會了解的細節，包括應該刻的是那一種花、花朵數量、馬蹄是否該著地等等的。我們也聊到是否建立常態性的展覽館，讓村子藝文愛好者的作品在平常就可以展出，他說他想要建一個展館，展示古時候的農耕用具，例如犁、界篙、手耙仔、割耙仔、土挑仔、草鍘仔、荊刀、尖嘴掘仔、柳、戽斗、摔桶、攕擔[1]，還有牛車以及牛車的各項配備。

「爪仔」和「耙仔」是常用的工具，但是，它們和北京話說的「爪耙子」是不一樣東西；其實，「爪耙子」應該是「抓耙子」才對，又稱「不求人」，古時候稱「爪仗」，是用來抓癢的工具，用於背部或自己較難碰觸到的身體部位，因為不需要別人幫忙抓癢，因此也叫「不求人」。

台語黑話中，「抓耙子」被當做是「告密者」的代稱，現已成為台語常用詞。

農具中的「耙仔」基本上都有一排尖齒，用來劃破土塊、整平土地，或將穀物聚集、散開。「爪仔」和「耙仔」在外型上的

差異在於前者的齒與柄頭是放射狀散開，跟動物的爪子很像，而後者是平行排列。「耙」，【膠三邊】（pa-3，農具也，以破土塊令幼），或【嘉七邊】（pe-7，平虫器具）。

有時要將穀物聚集，用平板（非齒狀）的耙子比較方便，這種耙子叫做「耙扒仔」。有人寫為「耙垺仔」，但是「垺」音【君八喜】（hut-8），是塵土飛揚的意思，音義都不對。《彙音寶鑑》寫「扒」，【君四邊】（put-4，爬也），要注意的是，它所說的「爬」是「抓癢」的「爬癢」。

讀【君四邊】（put-4）的「扒」，還算蠻常用的，把穀物聚集成堆，可以說「扒做堆」，我們掃地的時候，先把垃圾掃成一堆，然後把它用畚箕裝起來，也叫「扒起來」。只是這個字的用字看來已經和北京語用字搞亂了，教育部《台灣閩南語常用辭典》把它拿來當做「扒飯」的用字，用筷子把碗裡的飯扒進嘴裡，例：「阮囝已經會曉家己扒飯矣（我的兒子已經會自己吃飯了）。」而在《彙音寶鑑》寫的「呿飯」是教育部《台灣閩南語常用辭典》「扒飯」的異用字，這又是一個教育部捨棄原字遷就北京語的例子。不過，我們的台語恐怕也有走音。

我跟權坤先生說現在要找這些舊時的工具恐怕有些困難，他笑著跟我說：「不會，只要有照片就可以，因為我有復刻的技術。」

本文拼音參考

漢字	十五音	白話字	台羅拼音	台語同音字
刜	君四喜	hut	hut	佛、弗
耙	膠三邊	pà	pà	霸
	嘉七邊	pē	pē	父、爸
爬	嘉五邊	pê	pê	琶
扒	君四邊	put	put	不
爪	嬌二入	jiáu	jiáu	擾、抓
埖	君八喜	hùt	hùt	核、佛

後記

　　吳先生提到：「爪牙，鷹有利爪，犬有利牙，故得力助手謂之爪牙或謂之鷹犬，今已具負面之意。」

　　我同意用法會變，引申用法也容易變，讀音一樣容易變，但是希望不要變到我們都認不出來，就跟現在許多台語的用字一樣。

註釋

1. 攕擔，兩端皆為尖頭的扁擔，可直接插在稻草束或柴束中挑起來。

顧鈴仔

　　最近很流行ChatGPT，許多人閒來無事會和它聊天、請它講笑話、幫忙寫情書，也有些人會問它工作或是課業相關的問題。它真的非常聰明，以後的人類只要會問問題就好，不用自己念書、做學問。

　　一早起來滑手機，便問它一個問題：汽車未來的發展？它立刻回答：

　　「汽車未來的發展是一個廣闊的話題，下面列舉一些可能的發展方向：

1. 電動化和智能化：隨著環保意識的提高和技術的不斷進步，未來汽車將更多地採用電動技術，以減少對環境的污染。同時，智慧化也將成為汽車發展的一個重要方向，包括自動駕駛、智慧交通系統等。

2. 智能網聯：未來汽車將更多地實現智慧網聯，實現車輛之間的通信和互聯互通。這將大大提高車輛的安全性和行駛效率。

3. 綠色能源：除了電動技術，未來汽車還可能採用更多的綠色能源，例如氫能源、太陽能等。

4. 輕量化：為了提高汽車的燃油經濟性和性能，未來汽車將更多地採用輕量化技術，例如輕量材料和結構優化等。

5. 新型動力系統：未來汽車可能會採用更多的新型動力系統，例如燃料電池、混合動力等。

總之，未來汽車的發展將更多地向著綠色、智慧、安全、高效的方向發展，同時也會不斷湧現出更多的新技術和新應用。」

這答案還算正確完整，於是我又問了：「牛車與汽車的差異？」它說：

「牛車和汽車都是運輸工具，但它們的設計和使用方式並不相同。

牛車是的，通常工具交通，通常是木材和金屬製品，可以在農村和一些偏遠地區看到。

汽車現代化的，使用工具，使用產生、聲音、導航系統等，使駕駛更舒適和方便。汽車也有不同種類，例如家用車、商用車、跑車等和不同種類的轎車。

總的來說，牛車和汽車是不同時期的交通工具，牛車具有簡單、實用的特點，而汽車則具有高速、高效、多功能的特點。」

這裡就可以看到它還是會有些語法錯誤的地方，不過寫得也真的不錯。牛車雖然近乎消失，卻還留在我們這一代的印象中，從上一輩的口中，我們還可以了解它的演變。

古時候的牛車是兩個木輪子，後來加大，再包上鐵，日治時代的晚期變為前面兩個小輪子後面兩個大輪子，之後改為橡膠胎，稱「風輪仔」。

以前的牛車有四頭牛拉，也有二頭牛拉的，或許台灣的路較

窄，兩頭牛會列前後，前面的叫「前抽」，這有點像現代汽車的前驅、後驅或四輪驅動。「牛軛」的台語叫「牛擔」。牛軛後接兩根轅，再接到「磨」，就類似汽車轉向機柱。

汽車要加油或充電，牛車是「放牛吃草」，而牛生病的時候有一種餵藥器，叫「牛灌管」。

牛車沒有剎車。以前的人測試一頭牛有沒有力氣會把車輪用棍子卡住，看牛拉不拉得動，這是在測試「牛力」。對了，現代汽車稱有幾匹「馬力」，有人說「馬力」是「功率」的單位，不是「力」的單位，跟「馬」是沒有關係，但是，當初確實是用馬在一小時所做的功來做定義，所以當然有關，不過，不要問我「一匹馬力」和「一頭牛力」哪個大。

我們常見的房車是黑、白、銀、灰，牛車大都是紅色，但是牛有黃牛和水牛兩大類。黃牛台語稱「赤牛」。

牛車其他的配備並不多，黃牛常會在下巴處綁一串鈴噹，台語稱為「頷鈴仔」，水牛較少見，據說目的是用以確認牛的位置，同時在晚上也能透過牛是否因騷動發出聲音，進而知道是否有危機靠近。「頷鈴仔」通常是一串，隨著牛隻走動，發出叮叮噹噹的聲音，有句話說「一支嘴若親像頷鈴仔」，是在形容人愛講話，嘰嘰聒聒說不停。「頷」，【甘四喜】（ham-5，頤也，長言曰頷，短言曰頷），北京語是下巴的意思。

有些人買汽車會在車頭結個紅彩，這跟古時候買牛一樣。

等一下來問ChapGPT，有限的預算想買車應該買哪一台。

本文拼音參考。————————————

漢字	十五音	白話字	台羅拼音	台語同音字
顢	甘五喜	hâm	hâm	含

349
生尾仔

在LINE群組或是臉書，經常會看到祝賀生日的留言，不過，我有一個LINE群組卻不會。我國中同學群組是不分班級的，因為重新編班過好幾次，有人一年級同班，有人二年級或三年級同班，後來這個群組乾脆不分班，五個班共280個畢業生，在群組裡有146位。這個群組不談政治，因為容易吵架，不慶生，因為會三天兩頭就有太多「生日快樂」留言，刪都刪不完。

「過生日」又被稱為「長尾巴」，有人說是北平的方言，其實古時候內地很多地方都有這樣的用法，民間用來稱呼小孩子或尚未結婚年輕人的生日，長輩生日是很正式的大事，小孩子過生日就不必那麼講究，所以家中長輩叫「過生日」或「做壽」，至於小狗子們就叫做「長尾巴」了。

《紅樓夢》四十五回〈金蘭契互剖金蘭語風雨夕悶制風雨詞〉：「好容易『狗長尾巴尖兒』的好日子，又怕老太太心裏不受用，因此沒來，究竟氣還未平。你今兒又招我來了。」所以這用法早就有了，並不是什麼新玩意兒。

台語也有「生尾仔」，卻是不一樣的意思。台語形容東西合胃口、好吃，一口接一口，愈吃愈想吃，特別是零食，會說它很

「續嘴」，例：「這鰇魚絲是愈食愈續嘴（這魷魚絲是愈吃愈好吃）。」另一種說法是說「吃著會生尾仔」。不過這兩個詞還是有一些差異，「續嘴」通常用於在吃的過程，而「生尾仔」表較常用在已經吃完還想再吃的情境。

「續嘴」還有另一種涵義，順口、搭腔的意思，形容接人家的話接得很順口，例：「你更講曷真續嘴喔（你還講得很順口喔）！」只是這通常用在指人說謊、圓謊時。

「續嘴」這個詞，教育部《台灣常用閩南語辭典》寫為「紲喙」，基本上兩個字都值得商榷。「紲」，【堅四時】（siat-4），古代用以捆綁犯人的黑色大繩索。「喙」，【檜三喜】（Hoe-3），鳥獸動物等尖長形的嘴，雖也泛稱人的嘴，但是讀音不對；「嘴」，【規三出】（chhui-3）或【規二曾】（chui-2）。

教育部也真的很奇怪，說「紲」異用字是「續」，又來了，把正字當異用字。「續」，【瓜三時】（soa-3）、【恭八時】（soik-8）。

不管了，昨天吃了一種新口味的泡麵，吃完「生尾仔」，等一下想再嚐嚐……。

本文拼音參考

漢字	十五音	白話字	台羅拼音	台語同音字
紲	堅四時	siat	siat	設
喙	檜三喜	hoè	huè	貨
嘴	規三出	chhuì	tshuì	翠
	規二曾	chuí	tsuí	水

漢字	十五音	白話字	台羅拼音	台語同音字
續	瓜三時	suà	suà	--
	恭八時	siòk	siòk	屬、俗

350
掠準

　　在家附近醫院掛兩個周六早上的診，這兩個診都要看到下午四、五點，所以我都會午餐後再去醫院；吃過飯，網路上查詢看診進度「以為」還很早，就躺在床上休息了一下，醒過來的時候還差10號，「以為」趕過去剛好，沒想到到診間報到的時候已經過號。我趕緊插卡報到，卻聽到「報到失敗」的提醒，我「以為」是不給報到了，就問護理師說過號不能報到嗎？她看了我手上的卡說：「你拿的是信用卡！」。原來在匆忙間，我把一張顏色很接近的信用卡「以為」是健保卡。

　　等第二個診的時間，我把這件事寫在臉書上，我父親回應說他也做了一件好笑的舉動，他在電腦上打字，突然用手去螢幕上選字，「以為」像是在手機或平板打字一樣。

　　這樣的「以為」都是「誤以為」、「錯認」、「誤當作是」，平常口語會說「掠準」、「叫是」，例如：「我掠準無人知影彼件事誌（我還以為沒人知道那件事情）。」又例如：「我叫是你欲走矣，不才無加你招（我以為你要走了，才沒約你）。」此外，也可以用「掠做」、「料做」、「料準」，用法語相同，以上的例句直接換詞都可以。

而「料想」和「料算」就有一點點的差異，它可以用在猜對也可以用在猜錯的時候，例如：「我這爾仔信任你，你煞來加我欺騙，實在互人料想未到（我這麼信任你，你卻欺騙我，實在讓人料想不到）。」或是：「伊有今仔日的下場，我早就料算著矣（他會有今天的下場，我早就料到了）。」不像前面的詞多半用在「誤以為」的「以為」。

上傳到臉書沒多久，又有其他朋友回應，我「掠準」都是來笑我糊塗的，結果，有一些還蠻有創意的，有人說：「先看，付押金再補卡。」有人說：「應該要出健保聯名卡。」這是個好點子，看能不能連悠遊卡都一起整併，是說現在的支付方式都手機化了，用卡的都是老人。也有人安慰我說：「你健康，太少用了。」最妙的是有人說：「你可以用上面那張（健保卡）去匯款，我幹過！」可見不是只有我會搞烏龍。但如果你「叫是」每個人都可能偶而犯錯，我得跟你承認，我這樣的「報到失敗」已經不是第一次了……。

後記 ◦

王小姐說：「這句我們還在講。」

這是一件好事。另外補充一下，有時會聽到「連準」，我個人認為是走音。

351

愵

這兩天好幾次感到眩暈，決定請兩天假休息，並安排做檢查。十幾年前也曾經眩暈得很厲害，暈起來無法平衡站立，還會伴隨劇烈頭痛，必須在安靜的地方休息數小時才能緩解。

關於眩暈與頭暈，台語用不同的字來形容。對於我的狀況，台語是說「眩」，這字讀【ㄏ五喜】（hin-5，頭眩，眩暈），釋義是眼睛昏花，看東西晃動不定，例：「我感覺頭眩目暗，人無爽快（我覺得頭昏眼花，身體不舒服）。」如果暈到眼前發黑，覺得天旋地轉，有可能是因內耳、小腦、延髓等機能障礙所引起，例：「我做空缺做曷烏暗眩，足艱苦兮（我工作做到眼前發黑，很不舒服）。」

看了耳鼻喉科、神經內科，醫生問我的問題都是工作壓力大不大？睡眠品質好不好？

如果不是眩暈，而是頭昏沉沉的，我們會說「愵」或「愵愵」。北京語「愵」同「憒」，有心亂、煩亂、心神恍惚的意思，《台語白話小詞典》解釋為「一時失去思考能力」。「愵」讀做【恭五語】（gong-5），《彙音寶鑑》並未收錄，而教育部《台灣閩南語常用辭典》用的是「愣」字，寫「頭愣愣（頭

暈暈的）」，近義詞「眩」；但是「楞」讀【經五柳】（leng-5），並不太合適。

《彙音寶鑑》收錄在【恭五語】讀音的字有一個是「昂」，《水台文》有一篇文章提到：「昂（gāng）」，意思是北京語『愣住』、『傻眼』。」

與這些字音類似的還有一個「戇」，【公七語】（gong-7），痴愚、剛直的意思。台語用它來表示愚笨，例：「你莫戇矣（你別傻了）！」

另一個「憨」，【甘七語】（gam-7），意思是「不能深思熟慮而缺乏安危或利害的判斷能力」（出自《台語白話小詞典》），我們會說「憨面」、「憨胆」，形容人不知死活，做事不考慮後果，例：「無靠戇膽，哪會敢去啊（不仗著不計後果的膽量，我那敢去啊）！」。

《水台文》進一步提到：其實這些字過去民間常寫的「gōng」主要寫成「戇」，但有「憨」與「悥」等簡字、還有人寫「忎」，包括賴和先生。於是將民間慣用詞寫法「整理」成「戇、忎」（gōng）、「悥」（gông）、「憨」（gām）、「昂」（gāng）。

如果昏迷不醒人事，台語叫「不知人」，例：「伊互車抁一下不知人（他被車子撞得不醒人事）。」

這些詞會我們日常還常常使用，只是缺乏標準的寫法，《水台文》的整理是我覺得比較合理的，或許教育部可以多參考。

本文拼音參考。

漢字	十五音	白話字	台羅拼音	台語同音字
眩	巾五喜	hîn	hîn	--
	堅五喜	hiân	hiân	玄
悥	公五語	gông	gông	昂
楞	經五柳	lêng	lîng	龍、玲
戇	公七語	gōng	gōng	--
憨	甘七語	gām	gām	--

352
湳田準路

　　雨災之後的一則新聞標題:「爛田準路!南投力行產業道路逢雨必坍。貨車闖爛泥路怎脫困?」

　　報導說:「最近幾天南投山區午後都有雷陣雨,雨勢大且降雨時間長,不少地區累積雨量都破百毫米,導致施工路段邊坡土石被雨水沖刷而下,道路遍佈厚厚的泥漿,不少用路人見狀只能調頭放棄,有小貨車想要通過,結果一開進去,整個車輛就陷入泥漿中動彈不得。」

　　標題「爛田準路」是有些可以討論的地方。

　　蔡秋鳳唱過一首蔡振南寫的歌,歌名也叫「爛田準路」,歌詞是:

　　「一時糊塗全盤錯誤,爛田準路行甲這艱苦;

　　反悔當初這呢糊塗,分未清是熊是虎;

　　酒呀酒呀酒呀上好,鬱卒來心招糟;

　　明天要如何?若走是若煩惱;

　　若通放我一錯再錯,彼條的哭調仔囉,才來唱七逃。」

　　聽說這是在寫一位在酒店坐檯的媽媽的心境。她原本是位老師,公公和先生也是老師。她先生需要洗腎,那時候沒有健保,

由於洗到沒錢，她只好去坐檯；為了證明說她是賣笑不賣身，就帶著孩子上班，客人如果高興就捧場，不高興也沒關係。她的背景讓很多人情義相挺而捧場。

一段時間後，她跟蔡振南說她存夠了錢，隔天開始就可以不用上班了，蔡跟她恭喜可以脫離這地方。但是又經過了三、四個月，蔡振南卻又在酒店看到她，蔡對她破口大罵：「妳現在給我裝肖仔？」她說她被迫離婚了，所以也沒帶小孩來，離婚的原因是公公說他們家是書香世家，不能有在酒店上班過的女人。後來蔡振南用她的故事寫了「爛田準路」這首歌。

而「爛田」應該寫為「湳田」或「坔田」，在《講一句較無輸贏的》冊215篇〈水坔〉有說明過，「湳／坔」當「泥濘的、爛泥的」，「湳田／坔田」解釋為土質鬆軟、潮濕泥濘之地。

「準」做「當作」的意思，「這十萬，準阿母加你借的。」意思是「這十萬就當作媽媽我向你借的錢」。

「湳田準路」，是指在沒路走的狀況下，只得走在爛泥巴的田上，把這田當作路，這句話有無奈地「將就著用」、「湊合著用」的意思。

不過，走在爛泥巴上也要小心，金門地區有一句俗語「爛土有刺」，它的寓意深刻巧妙，對囂張跋扈之人有警示作用，意思是不要以為爛泥土可以隨意踐踏，裏面可能會有刺，足以刺傷腳丫，作為懲罰。這裡的「爛土」可能也是「湳土」。

每個人都有很多無奈，有很多不得不的選擇，這位媽媽坐檯一定不是滿心歡喜地去酒店，貨車闖爛泥巴路也應該有它的需要，要不是被環境所迫，怎會如此「湳田準路」？

本文拼音參考。————————————————————

漢字	十五音	白話字	台羅拼音	台語同音字
爛	官七柳	loā^n	nuā	懶
	干七柳	lān	lān	脿
湳	甘二柳	lám	lám	覽
坔	甘三柳	làm	làm	--

353
幫贊

有一段時間沒去看西街教會了，台南看西街是基督教福音來台發源地，看西街教會即為紀念福音來台之教會，深具歷史意義。

古時候，看西街是台南五條港的要道之一，因為港區向西，便有這個淺顯易懂的直白名稱，顧名思義是「望向西方」的街道。「看西街教會」建於1951年，是座仿英國聖保羅大教堂的白色圓頂教堂，1955年落成，屬長老教會，至今仍用台語宣教，每次去做禮拜，常常讓我有「懷疑人生」的感覺，我到底是在哪個時代？或者懷疑我是不是一個真的講台語的人？因為好多的用詞跟我平常用的有所差異，不是不懂，而是相對罕用。

做禮拜常會說「我們一起禱告讚美主，也求主保守、醫治我們的身體與心靈，幫助我們，讓我們有所依靠。」

「一起禱告」，台語說「相偕祈禱」。「偕」字原讀【皆一求】（kai-1，強也，偕行也），這個字比「佮」【甘四求】（kap-4，合取也），在字義上要適合，這也是為何一般多寫「佮」，但這裡都用「偕」，包括第二輯書名為「偕厝邊頭尾話仙」的原因。

「讚美」的台語一般寫為「呵咾」或「謳咾」，例：「你一直加我呵咾，我會歹勢（你一直稱讚我，我會不好意思）。」「呵」，【高一英】（o-1，哄之也），「謳」，【沽一英】（ə-1，齊聲而歌）或【交一英】（au-1，歌之別調曰謳），「咾」，【交二柳】（lau-2，聲也），因此，「謳咾」應該是比較合理的寫法。

　　「幫助」，有很多種說法，包括和北京語相同的「幫助」，為別人出力、出主意，給予物質上、精神上的支援，例：「逐家互相幫助莫計較（大家互相幫忙不要計較）。」或是「鬥相共」，幫忙的意思、幫助他人做事或解決困難，例：「你敢有需要人加你鬥相共（你是否需要別人幫忙）？」或是說「鬥腳手」、「鬥無閒」，例：「我若有時間就去加恁鬥無閒（我如果有時間就去幫你們的忙）。」

　　不過，在看西街（或一般台語教會）會用「幫贊」。「贊」，【干三曾】（chan-3，參贊相也，佐也，頌也）或【干七曾】（chan-7，助也）。而在《彙音寶鑑》中，「助」讀【沽七曾】（chə-7，益也、佐也、相助也），也讀【干七曾】（chan-7，幫也）。所以，寫或讀「幫助」或「幫贊」都可以。

　　其實，看西街教會的源起，要從1865年英國長老教會宣教師馬雅各醫生來台南行醫宣教說起，馬雅各醫師在臺南刻劃下的痕跡至今不滅，且仍影響著臺南人的生活，除了宣教，最顯著的例子即是新樓醫院，對我們的「幫贊」至今仍值得大家「謳咾」。

本文拼音參考。————

漢字	十五音	白話字	台羅拼音	台語同音字
偕	皆一求	kai	kai	皆
贊	干三曾	chàn	tsàn	讚
	干七曾	chān	tsān	贈、助
助	沽七曾	cho	tsōo	--
	干七曾	chān	chān	贈、贊
呵	高一英	ə	o	萵
謳	交一英	au	oo	歐
咾	交二柳	láu	ló	老

354
擸風

氣象局預報自前兩天起會下大雨，但是一直到今天早上還是
晴空萬里，下班時終於雷聲轟隆，也下起了雨。路上有些摩托車
騎士未穿雨衣，冒雨在車陣中奔馳，幸虧雨勢並不太大，希望他
們都可以平安抵家。

「淋雨」基本上是一個比較靜態的狀況，「冒雨」則有點
強行前進的味道，一般來說台語用「擸雨」來表達。「擸」字是
教育部《台灣閩南語常用辭典》的建議用字，照理它讀唸【柩五
出】（chhin-5），但是《彙音寶鑑》此音並沒有字。

依教育部《台灣閩南語常用辭典》的解釋，「擸風」是
「逆風」的意思，例：「這向擸風真歹行（這個方向逆風很難
走）。」它的近似詞是「抵風」或「對頭風」，還有個很有趣的
異用字「戰風」。但是，「擸風」與「戰風」有程度上的差異，
後者要比前者更為激烈，以前人會說「擸風擸雨」也會說「戰
風戰雨」，特別是漁夫在海上與風雨海浪拚搏，會說「戰風戰
湧」。

除了「擸雨」、「擸風」，還有「擸水」。我們那個年代國
小國語課本有篇著名的蔣中正先生在溪邊看魚逆流而上的故事，

課文中寫到：「蔣公看了心裡想：『小魚都有這麼大的勇氣，我們做人，能不如小魚嗎？』」其實，這是魚的本性，台語稱「摺水」，有句台語俗諺：「烏仔魚摺水」，是比喻不認輸。

關於小魚逆水，有人寫為「灂水」，「灂」本義指「大水洶湧而來」，引申作衝擠、撲上的意思，例：「魚仔灂倚來（成群的魚一起擁上來）。」但是，「灂」音【君三曾】（tsun-3）或【堅三曾】（chian-3），與一般讀音不同。

依教育部的說法，「摺」還有一個用法是指「擠到前面去站在領導的地位」，例：「伊萬項事誌攏欲摺做前（他不論做什麼事情都要搶第一）。」關於這個用法，是比較接近「摺」的讀音【柅三曾】（chin-3）。然而，「擠」或「塞」，用「榰」，【柅一曾】（chin-1），北京語的解釋是同「箋」或「棧」，台語字典的解釋是：「早用椊字，今用榰字，柴榰」。

不下雨的日子，日月潭的九蛙跑出來了，烏山頭水庫乾涸見底，可以用走的走到山豬島。鬧水荒全台辛苦，唯一的好處是摩托車騎士不用「摺風摺雨」。

晚間新聞說這次中部水庫進帳不少，看看月曆，今天剛好是「穀雨」，從節氣來看，是該下雨了。

本文拼音參考。

漢字	十五音	白話字	台羅拼音	台語同音字
摺	柅五出	chhîⁿ	tsînn	--
	柅三曾	chìⁿ	tsìnn	箭
	柅三曾	chìⁿ	tsinn	晶

355
顛倒

　　同學的群組裡，每逢有人過生日，就會有一連串的祝福，祝詞前面會加上他大學時期的綽號，有趣的是有時候還會有人順道問起那綽號的來源。「顏山智」綽號「1234」，這跟「王涂淑麗」變成One two three類似；有人外號「泡麵」，是因為他經常遊走於各寢室借泡麵；有人叫「敗類」，這位搞AI的先驅自己也搞不清楚這綽號的來由；有人叫「老二」，因為他喜歡玩「大老二」，後來又被稱為「二妹」（奇怪，他明明是男生）；有人叫「阿呆」，他的頭很大，但是他很聰明，並不呆，不知道跟當時很有名的校園歌曲「呆呆」有沒有關係，這個綽號我們都不好意思再用，因為被下一代聽到好像不太好。

　　跟其他語言一樣，台語批評愚笨的人，用詞也是一籮筐，例如「頇顢」，例：「彼箍做事誌真頇顢（那個人做事情很笨拙）。」

　　「頹頹」或「頭殼頹頹」，「頹」，《禮記》〈檀公上〉：「泰山其頹乎，樑木其壞乎？」「頹」就是「敗壞」的意思；所以不是「一箍錘錘」。（但「頹」，【檜五地】（toe-5）。

　　「孝呆」、「悾闇」、「戇面」、「戇狗」……很多都是，

我們也曾提過「阿西」，這是源自西拉雅族語的用詞。此外，「ばか」也是外來語，日文漢字寫為「馬鹿」，不知道這跟「指鹿為馬」的馬與鹿不分有沒有淵源。

會說日文的長者也會用「あほう」，漢字寫為「阿呆」，生活中他們會說「馬鹿馬鹿」或「阿呆阿呆」或是「阿呆馬鹿」。

還有一個現在仍然常用的「ぱたい」或「パタイ」（padai），我本來以為這也是日文，其實它是一種菲律賓的地方方言，並不是日文，我們可以相信台語跟南島語系有一些關係，至少混雜了一些用詞。

另外，有一個是台語，但是現在並不常聽見的【堅一他】【高八他】（thian-1）（thoh-8），一般認為是「顛倒」的錯讀，這個詞有「愚笨」的意思，例：「伊自細漢就顛倒顛倒。」意思是他從小腦筋就不靈光；「你是顛倒个」意思是「你是笨蛋」；或是罵一個人糊塗的時候會說：「你是咧顛倒！」用北京語講有點像是「你是在發什麼神經！」

「倒」讀做【高二地】（to-2），《彙音寶鑑》【高八他】（thoh-8）的音收錄了一個「憞」字，解釋是「懶憞」，但是我對這兩個字都沒有信心，故只做參考用。

我也有一個綽號─「三八个」，因為我喜歡批評人「三八」，結果子彈回頭打到自己，有同學就稱我「三八个」，還好這樣叫我的人不多。綽號還是取好聽一點的比較好，像「懋哥」、「中尉」、「昌兒」、「大炳」、「小丁丁」，長大了都還可以被接受，「顛倒阿呆」就真的不好，還好沒有影響他的職

業生涯，他也是某大集團的協理，這兩年年終有40個月的那一家，你說他有「顛倒」嗎？

本文拼音參考。

漢字	十五音	白話字	台羅拼音	台語同音字
頹	檜五地	toê	tuê	墡
	規五地	thuî	thuî	錘／槌
顛	堅一地	tian	tian	巔
	堅一他	thian	thian	天
憤	高八他	thóh	thóh	--
倒	高二地	tó	tó	島

註釋
1. 「小丁丁」源自五年級生小時候愛看的卡通「科學小飛俠」之「阿丁」。

356
按怎

　　2023年五月三日身體與精神狀況很好的陳水扁到立法院和凱道陳情，為的是一個星期後即將因洗錢防治法入監服刑的兒子陳致中出獄後的政治生命。依據民進黨黨規，違反貪汙治罪條例被判刑後，終身將不得參選民意代表。

　　陳水扁思路清晰，神采奕奕，完全不像是要申請第三十四次保外就醫的病人，這點引起很多人不滿。讓我想起二十年前陳水扁說過的一句話：「算我好運選著啊，無你是欲安納？」

　　「無」，在《講一句較無輸贏的》冊233篇〈無〉談過，這裡不再說明，我們梳理一下「安納」。

　　簡單地說，根據劉建仁先生的分析整理，「安納」是「按怎」拗音的結果，而「按怎」、「按怎樣」、「怎樣」是與北京語「怎麼」、「怎麼樣」、「怎樣」類似，基本上是「如何」的意思；不一樣的是北京語「怎」字可以單用，但台語則不然。

　　「怎」字在北宋代的《廣韻》、《集韻》等韻書並未收錄，而到了金代的《五音集韻》（成書於公元1208年）才有了這個字，它用來表示「如何、怎樣」的意思，是記錄口語的俗字，唐代的詩裡寫作「爭」（如杜牧《邊上聞笳》：「蘇武爭禁

十九年。」），到南宋這個字才被普遍使用，例如李清照《聲聲慢》：「這次第，怎一個愁字了得。」

「怎」的台語在過去在不同的字典有不同的注音，在《彙音寶鑑》的讀音是【箴二曾】（chom-2）或【官二曾】（choaⁿ-2），而《廈音典》則記錄tsimˋ及tsãiˋ兩個音；現在的讀多半是《彙音寶鑑》的【官二曾】（choan-2）。而因為「按怎」的「an-choan」連音的結果，把cho拗音拗掉，才會有「安納（an-noan）」的說法。換句話說，「安納」是「按怎」發音不清造成的結果。

關於「按怎」的「按」，有人建議寫為「安」或「焉」；「按」的本義是「用手壓」，引伸有「依照」的意義，然而「安」的音調不符，「焉」有「此」和「如何」的意思，但讀做【堅一英】（ian-1），音不對，因此，以寫為「按怎」較為適當。

突然想起以前同學開玩笑會講兩句話：「膦鳥你按呢講也是會使！」「啊無膣屄你是欲按怎？」

其實這兩句話取的是偕音，它應該是「若照你按呢講也是會使（如果照你這樣說也是可以的啦）！」「啊無今也[1]你是欲按怎（要不然，你現在是要怎樣）？」當笑話聽聽就算了，不要常用。

本文拼音參考◦ ————————————

漢字	十五音	白話字	台羅拼音	台語同音字
怎	箴二曾	chóm	tsóm	--
	官二曾	choáⁿ	tsuánn	盞
焉	堅一英	ian	ian	煙

註釋 ————————————

1. 「今也」請參考《偕曆邊頭尾話仙》冊121篇〈今害矣〉與本冊357篇〈也是〉。

357
也是

在《偕厝邊頭尾話仙》冊121篇〈今害矣〉我們聊到過近來流行表示「現在」或「此時」的詞的北京語「立馬」，有些人將它的台語寫為「即馬」，或許比較適合的寫法為「此嘛」，或「今也」。

文中提到：《論語》〈雍也〉篇：「魯哀公問：弟子孰為好學？孔子對曰：有顏回者好學，不遷怒、不貳過，不幸短命死已，今也則無。」

「今」有兩個音，一個是【金一求】（kim-1），它與後面的「也」產生連音現象，會念成（kimma），然後走音變（jimma），我覺得這樣的說法是可以參考的。不過這樣用的人並不多，一般會寫成「即嘛」或是「此嘛」。』

當時我們的重點在於「今」，現在聊聊「也」。

「也」的文讀讀做【迦二英】（ia-2），通常當作語助詞用，沒有特別的意義。在上面的例句中，這樣解釋是可以通的，「今也」等於「今」。

《論語》〈子罕〉篇：「子曰：麻冕，禮也；今也純，儉。吾從眾。拜下，禮也；今拜乎上，泰也。雖違眾，吾從下。」

（孔子說：「用麻布做禮帽，是以前的規定；現在都用絲綢，比較節約，我隨大眾。在堂下拜見君主，是以前的規定；現在都堂上拜，沒有禮貌。雖然違反大眾，我還是贊同在堂下拜。」）

《論語》〈陽貨〉篇：「子曰：古者民有三疾，今也或是之亡也。古之狂也肆，今之狂也蕩；古之矜也廉，今之矜也忿戾；古之愚也直，今之愚也詐而已矣。」（孔子說：「古人有三種偏激的毛病，今人或許沒有：古代的狂人肆意直言，今天的狂人放蕩不羈；古代的高傲者威不可犯，今天的高傲者凶惡蠻橫；古代的愚人天真直率，今天的愚人狡詐無賴。」）

這些例子說明了古文有「今也」的用法，但是無法證明「也」字讀【監七門】（ba^n-7）。不過，我們用類似「事誌」與「代誌」的概念為例，以下幾個詞句都是常用的說法：

「我昨昏也有去綴媽祖婆繞境。」

「講台語也會通。」

「我也欲吃。」

這裡的「也」都讀做【監七門】（ba^n-7）的音[1]。也就是說，「今也」的「也」讀【監七門】合理，我們「即馬」的懸案就可以解決了。

本文拼音參考

漢字	十五音	白話字	台羅拼音	台語同音字
今	金一求	kim	kim	金
	監一地	ta^n	tann	擔
也	迦二英	iá	iá	野
	監七門	mā^n	mānn	罵、嗎

1. 「嘛」讀為【姑五門】（bo^n-5），喇嘛。寫「即嘛」或「嘛會使」都是用北京語的音，不是台語。

358
淺拖仔

　　兒子從公司帶回一雙企鵝造型的室內拖鞋，說那是他在公司穿的，因為被同事不小心潑到咖啡，所以帶回家洗。現在很多人在辦公室都會換拖鞋，我也會換穿不仔細看看不出來的全黑前包式的拖鞋，不需要整天穿鞋，比較舒適一些。聽說有些公司的高階主管，在公司會穿一雙「藍白拖鞋」，這好像就有點隨便。

　　「藍白拖」是許多住學校宿舍大學生的標準配備以及打「小強」的工具，《維基百科》說它起源是在1950年代，由生產軍靴的工廠生產的輕便拖鞋，配色是採用中華民國國徽藍與白。「藍白拖」價格便宜，網路上一雙只要幾十塊錢，又舒服、耐穿，因而廣受30歲以上不重外表不重流行的中年男士歡迎。近來，「藍白拖」常被視為臺灣草根文化的代表，也是所謂「台客」的必備穿著之一。

　　「拖鞋」一般台語稱為「淺拖仔」，也有人稱為「スリッパ」（從英文slippers而來）；我猜「スリッパ」一詞並不常用是因為以前都是以木屐為主，民國時代以後較流行拖鞋，所以日文名就比較少用，但是「拖仔」或「淺拖仔」是怎麼來的，我就不清楚了，還有人稱它為「鞋拖仔」，例：「你未使穿淺拖仔去

學校（你不可以穿拖鞋去學校）。」

記得很小的時候還穿過「木屐」，木屐是以木材做底的拖板鞋，是中國人發明的，隋唐以前，特別是漢朝時期的常見服飾，為漢服足衣的一種，也是最古老的足衣。其名來自中古音「屐屩」，常稱作「木屐」[1]，使用於室外。若鞋面為帛製成，則稱為帛屐，牛皮製作則稱作牛皮屐。小時候常見的木屐包覆腳尖部位的是一片塑膠，脫落的時候用釘子釘補。「屐」音【迦八求】（gia-8）或【經八求】（kek-8，木屐，足具）。

女孩子穿的「高跟鞋」，有人稱它「高屐仔」或「高踏仔」或日文「ハイヒール」。「涼鞋」則是用英文「sandals」，稱呼為「サンダル」。

我還算是重視外表的那一群，所以大學時我沒穿藍白拖，而穿黑色「人字拖」；「人字拖」是拖鞋的一種，特點是穿著的部分設計成一個「人」字形，用拇趾和食趾夾著，故又別稱「夾腳拖」。

有趣的是它明明是「腳夾」而不是「夾腳」，為何不是「腳夾拖」，而叫「夾腳拖」？「夾腳拖」由於實用方便，不少人喜歡在離家短時間穿著，也常用於沙灘，所以又稱「沙灘拖鞋」。

有個新聞說基隆因為常下雨，學生上學時鞋襪都淋濕了又沒得替換，所以老師就應景地教大家做自己的「夾腳拖」。

「夾腳拖」的台語有人稱它為「笭屢仔」，讀為ló-lí-á。但是，「笭」，【高二柳】（lo-2，笭笭，竹也），「笭笭」，是一種用柳條編成的容器，形狀像斗，同「栳栳」。《康熙字典》引《集韻》：「魯皓切，音老。栳栳，柳器，或从竹」。又

「履」，音【居二柳】（li-2，草履也）。其實，長一輩的人過去是用日文稱呼，叫它「ぞうり」，漢字寫為「草履」，讀為zori，跟ló-lí是蠻像的，但應該不是「笐履仔」，因為是草鞋而不是竹鞋，二次大戰後來接收台灣的國民政府軍隊穿的就是草鞋。

在台灣鄉村鞋子的歷史應該不算長，父親說他考上初中要去報到時沒有鞋子，是村子長輩送他一雙舊鞋，又因為太大，前面還要塞紙填充；即使到我大姊上小學的年代，很多小學生仍然是打赤腳的，到我的時候，我們是穿鞋上學的，我發現五年級生真的是成長於一個時代的轉捩點。

望著兒子的鞋盒牆，我只能說時代進步也太快……

本文拼音參考。

漢字	十五音	白話字	台羅拼音	台語同音字
屐	迦八求	gi̍a	kiàh	--
	經八求	ke̍h	kik	極
笐	高二柳	ló	ló	老
履	居二柳	lí	lí	李
	居二求	kì	kì	記

後記。

余先生說：「小時候，民國五、六十年代，聽到街上的木屐聲，很多人反而會警戒心，那時候的土流氓或社團，最愛著日本黑道裝，真日本武士刀、太刀，及木屐幹架，好笑的都是魚肉鄉民，欺負在地人為樂，沒辦法，這是日治遺留的惡質文化。」

「依實用性，超長途長時間徒步，就是要穿双腳會散熱的拖鞋，尤其是遶境、環島和行軍，現在的軍人長行軍，穿長筒靴，固然是禮節和帥氣，其實起水泡的苦在心中。以前的老軍人穿草鞋和長內褲，真有防起水泡和防燒襠的效果。」

註釋
1. 木屐日文稱為げた，漢字寫為「下駄」。

359
秘伺

　　有個朋友算是蠻特別的人，某個程度上來說，她是屬於害羞、內向的人，但是她又常常做一些一般人不敢做，或是與「害羞、內向」個性完全相反的事。例如她說她討厭在許多人面前「表演」，在眾目睽睽之下會讓她感到彆扭，但是她高中時是台灣首屈一指的女中儀隊隊員；她曾經擔任空服員，那個時代空服員必須展示氧氣罩和救生衣的穿戴法，她說她必須克服心理的壓力。我覺得她有兩面的個性，不完全是單面的內向，例如她在穿著上是一種有限度的大膽，不害怕低調的華麗；在工作上，我看過她埃及開羅機場對票務人員厲聲斥責，並衝到票務控制室直接操作他們的電腦，為的是爭取同一旅行團團員的權益；在生活中，她竟然敢在伊朗違反宗教和法律規範於公開場合拿掉頭巾，令所有的伊朗朋友心驚不已，我不知道該將她歸類到哪一種屬性。倒是有一天她問我台語的害羞、內向，「閉思」，怎麼寫？

　　這個台語的形容詞也還不少，例如「驚見笑」，例：「伊真驚見笑，你愛較輄加鼓勵咧（他很怕羞，你要常常鼓勵他）。」還有「小面神」，一般「大面神」是形容「不驚歹勢、較未見笑」，相反詞就是「小面神」，台語直翻具體的意思就是很臉

皮薄的人。「驚歹勢」、「畏小人」[1]也都是，還有人說「歹神氣」、「無藝」，不過這兩個就很少聽見。

此外，還有「縮縮」的講法，或是說「凹鏤（nah-4，nng-1）」；而這位朋友問的是「閉思」，根據教育部《台灣閩南語常用辭典》的解釋，「閉思」指個性內向、害羞，靦腆的樣子，例：「這个囡仔較閉思，你不通傷歹，會去加伊嚇驚著（這個孩子比較內向害羞，你不要太兇，會把他嚇著了）。」而異用字是「祕四」。

「閉」這個字讀音與字義合理，「思」的讀音聲調也沒問題，但是不知道如何解釋；異用字「祕四」音也是對了，但是就更不知道如何解釋。

有一種說法是「祕伺」，解釋為「靦腆，因害羞而顯得畏縮」。

這種寫法反而是比較多人接受的，因為是字典上寫的，即使從單字上還是很難理解。

其實，我也是很「祕伺」的人，許多朋友建議我出版有聲書，可以跟著學習且懂這些台語的讀法，我也覺得是個很好的建議，也很想做，但是我的「祕伺」個性壓得我找了個「現在沒時間，等退休再做」的藉口。

或許，我應該找我這位同樣「祕伺」的朋友，看她如何克服，也可以變得很「大方」、「大範」。

後記。————————————————————————

　　王小姐說：「定講。」我相信他也是時常講台語的人。

　　陳小姐說：「Nah-nng&秘伺，阮攏有講，是講彼ê「秘伺」ê音愛按怎寫才著？感謝。」本冊306篇〈畏小人〉有提過，是【居三邊】（pì）【龜三時】（sù）。

　　周先生提到：「我覺得【閉思】比較合適。一個人封閉封閉的、不知道他／她心裡在想什麼，很有畫面感。」這確實是另一個思考的方向。

註釋————————————————————————
[1] 「畏小人」請參考本冊306篇「畏小人」

360

氣心慁命

因為味道的關係，我不太吃豬肉製品，滷肉飯、水餃和肉鬆例外，因為它們幾乎沒有豬肉味道。

台北有不少滷肉飯都是銅板美食，甚至還有六家老字號滷肉飯榮膺米其林比登推薦。

「滷肉飯」有人寫為「魯肉飯」，這應該是錯字，不過被誤用的狀況還不少，還好，「滷味」絕大多是數正確的，寫為「魯味」的很少。

不過，「魯」字被誤用在台語表示「糟糕」的情況還不算少見。如果有一件事情不順利，出了狀況，我們可能會說「害矣」[1]，或是會說「慁矣」。「慁」，【高五柳】（lo-5），意思是心力困乏。《玉篇·心部》：「慁，心力乏也，疾也。」《集韻》：「慁，苦心也。」

而教育部《台灣閩南語常用辭典》建議的用字是「惱」，例如「氣身惱命」，意思是「氣憤填膺，形容極度生氣，滿懷憤恨」，例：「你莫逐工互我氣身惱命。（你別每天都讓我氣得要命）。」

《台灣話的語源與理據》作者劉建仁先生也贊成這種寫

法，他提到：「『氣惱』也常連用，意思是生氣惱怒；此外，與『惱』同音的『腦』也有時讀lo`，如腦油（lo`-iu´）＝樟腦油，因此，lo`-miaʰ的正確用字是『惱命』。」

然而，當我們說「害矣」、「慦矣」的時候，並不單純是惱怒、生氣，它還包括需要費心許多心力去處理、解決問題，因此「惱」只能形容前面一部分的情緒。我有個表弟年輕的時候叫為叛逆、愛玩，我舅舅又不太管他，都是我外婆在擔心、在管他，大一點的時候他也常常出去玩，好幾天找不到人、聯絡不上，出事還要幫他收拾殘局，讓我外婆「慦足濟」。台語說的「慦」或「氣身慦命」是這樣狀況，不是單純的生氣。

我們再從讀音來看這幾個字：

「魯」讀做【沽二柳】（lo-2），「滷」也是。而「魯」有「魯莽」，與憂心或氣惱無關。

「惱」讀做【爻二柳】（lauʰ-2），當「痛恨」時，與「腦」同音；而當用於「煩惱」時讀做【高二柳】（lə-2）。「腦」也有這個音。

而「」讀做【高五柳】（lo-5）與「勞」同音，並與【高七柳】（lo-7）的「憦」同。大衛羊先生曾提過：「勞」是「勞力」，而「慦」是「勞心」。或許，過去把這些音與字讀混了。

基本上，「叛逆」也算正常的人生經歷，一般來說，台語會用「激骨」來形容，有標新立異，不肯妥協的意思，還不到「背骨」的狀態。

我覺得還算慶幸的是我那「叛逆」的表弟在第二次婚姻後收斂了許多，就不再讓我外婆「氣心慦命」。

本文拼音參考

漢字	十五音	白話字	台羅拼音	台語同音字
慈	高五柳	lô	lô	勞
魯	沽二柳	ló	lóo	滷
惱	爻二柳	láuⁿ	náu	腦
	高二柳	lə'	ló	老
憥	高七柳	lō	lō	澇

註釋

1. 參考《佮厝邊頭尾話仙》冊121篇〈今害矣〉。

361

條直

　　聽說村子裏大廟管理委員會討論將大道公塭出租「種電」時有不同的意見，鄉下人個性直爽，說話直接又大聲，搞得有點不愉快。

　　話說我們村子西北邊靠近將軍溪出口處有一片魚塭地，是廟的財產，我們稱「大道公塭」。雖說是塊魚塭地，但是並沒有人在經營，一直是閒置著，近年來台南市自七股到北門沿海一帶有許多農地或魚塭地改為種電用，「大道公塭」也是一塊被看中的對象。

　　由於地是閒置的，出租可以增加收入，管理委員會某甲建議出租；但是某乙拿最近新聞回應說現在才剛農曆三月底，台南就反常地出現41度的高溫，加上近來雨量變少，許多人說都是因為種電造成對自然環境與天候的影響，因此他不贊成。乙說完，甲就不高興了，台語說「未直矣」。在這裡「未直」代表的意思是感覺不爽快，故小題大作，沒完沒了，例：「無抵好加伊挨著，按呢就未直矣（若不小心碰到他，就沒完沒了了）。」

　　「未直」另一用法是收支無法平衡，或是算帳的時候帳目不合，例：「兩尪某先趁都未直（兩夫妻怎麼賺都無法維持收支平

衡）。」

　　事情可以討論，但是講話不需要太衝，思考模式也可以稍微調整、轉彎，不要太直，台語的「憨直、坦率」可說為「條直」[1]，例：「你偕恁老爸平條直（你和你爸一樣憨直）。」這個用法與「忠直」近似，是形容人秉性忠誠正直。

　　另一種意思是乾脆直接而不拖泥帶水，例：「事誌我家己做做咧較條直！（事情我自己來做還比較乾脆！）」也可以單獨用「直」表示：「我家己做做咧較直。」

　　還有一種用法是指事情已經獲得解決、擺平了，例：「是按怎這件事誌到今也猶未條直（為什麼這件事到現在還沒擺平）？」

　　與「憨直、坦率」的「條直」近似的詞還有「土直」、「厚直」、「忠直」、「戇直」、「古意」、「老實」。「土直」形容一個人個性率真、剛直，不會深思熟慮，不懂拐彎抹角，例：「伊个人較土直，不才較會去得失人（他的人個性比較直率，所以比較容易得罪別人）。」「古意」是忠厚、老實、憨厚，例：「伊做人誠古意（他為人忠厚老實）。」

　　我們可以「條直」，但是講話也不要太「直腸直肚」。「直腸直肚」也就是北京語的「直腸子」，形容人有話直說，沒有遮掩，性情直爽，例：「伊這个人直腸直肚，想著啥講啥，請你不通見怪（他這人是個直腸子，想到什麼說什麼，請你不要見怪）。」

　　話說回來，太陽能是無碳排放的綠能，但是它對生態環境是有影響的，除了目前所看到的氣溫升高、降雨變少，就像北門人

形容是在「兩個太陽」下生活，它也減少了耕作面積，提高台灣糧食對進口的依賴度，這是國安危機；它也破壞了生態，這一片是候鳥來台棲息的重要區域，未來牠們生存的空間會更被限縮，恐怕不會再有黑面琵鷺；還有，二十年後這些太陽能板的回收還是一個問題！

我這樣說，會不會太「直腸直肚」？

註釋

1. 河洛語台語正解認為「條直」的正確用字是「綢直」，《詩經》〈都人士篇〉：「彼君子女，綢直如髮，我不見兮，我心不說。」意思是說「那個住在都城的紳士的女兒，性情密緻，操性正直，如頭髮綢密卻梳理整齊光潔，我看不到她，我心裡就覺得不開心。」所以《河洛語-台語正解》認為台語說一個人心思細緻，品行正直，會用「綢直」形容。以上僅供參考，因為「綢」讀【ㄐ五地】（tiu-5），解釋也略邊強。

362
覕嘴

昨天晚上打電話給爸，他說：「明天是母親節。」我不待他說完，連忙回一句：「沒關係！」去年母親節，爸也說相同的話，他說：「人家在過母親節，你們沒有媽媽了。」

今年母親節前「心悶」媽媽的爸把合唱團固定的練唱停了，他說以前母親節前媽媽總是會準備一些茶點，帶大家唱幾首跟母親相關的歌曲，媽媽的母親節，不是到餐廳大吃大喝。

我抿著嘴，聽爸把話說完。

媽媽離開後，我變成一個愛哭包，不能放聲哭的場合，我抿著嘴，讓管不住的眼淚靜默地汩汩流下。

「抿嘴」的台語，教育部《台灣閩南語常用辭典》建議寫做「覕喙」，嘴巴輕輕的合上，想哭、想笑或是鄙夷時候會有的表情，例：「干焦加伊講兩句仔，伊就更開始咧覕喙矣（只不過責備了他幾句話，他就又開始抿嘴想哭了）。」（「喙」字建議還是寫「嘴」就好。）

讓我思念的眼淚化為《阿娘的話》紀念媽媽吧！

「台語珍趣味」中提及「覕嘴」在北京語常稱「扁嘴」或「撇嘴」，小孩子在不開心、想哭的時候忍住哭的階段都會閉上

嘴巴，嘴角下拉，這就是「覕嘴」，例：「兩歲的外甥仔，三代人惜伊一個，只要無順伊的意就覕嘴」。

「覕嘴」指的是嘴型的狀態，想忍住哭忍住笑都得「覕嘴」，當然若情緒來時忍俊不住可能還是會哭出來或是笑出來。

另一種「覕嘴」狀況是發生在心裏對人或事不認同，做出的一種帶輕視的表情，例：「人加你講是為你好，你不通按呢覕嘴，加人譬相[1]，無欲接受。」又例：「你講曷全道理了了，伊是太覕嘴，根本無咧加你信篤。」

「覕」的意思是「躲、藏」，例：「你敢知影伊覕佇佗位（你知道他躲在哪嗎？）；聽著債主欲覓伊，伊緊走去覕。（聽到債主要找他，他急忙躲起來。）」不過《彙音寶鑑》並未收錄此字[2]。教育部《台灣閩南語常用辭典》建議異用字「匿」、「宓」，讀音分別是【經八柳】（lek-8）與【巾八門】（bit-8）或【公八喜】（hok-8），因此，可能都只是借用。

朋友傳來高鐵左營站快閃的母親節組曲表演，我沒辦法看，即使她們唱的「月亮代表我的心」是如此地輕快；咖啡店走進好多手裡拿著康乃馨的婆婆媽媽們，紅色粉紅色的康乃馨，而我的心裡那朵白色的康乃馨讓我不爭氣的淚水又再一次失控，我用力「覕嘴」。

母親節，祝福天下的母親們節日快樂，也願我在天上的媽媽一切安好，知道我很想她。

本文拼音參考 ◦

漢字	十五音	白話字	台羅拼音	台語同音字
覕	居四門	bih	bih	--
匿	經八柳	lèk	lik	力、曆
宓	巾八門	bit	bit	蜜
宓	公八喜	hòk	hòk	復

註釋

1. 「鄙相」請參考本冊302篇〈鄙相〉。
2. 《彙音寶鑑》收錄的是「闢」和「闔」。

363
肚綰

近年來廟會的活動好像特別多，也都會邀請各種陣頭一起營造熱鬧氣氛，除了傳統的八家將、將官首、新潮的鋼管舞，還有「文創類」的「電音三太子」。「電音三太子」是極具喜劇效果的陣頭，不像八家將或將官首嚴肅、不能開玩笑，可以他們俏皮的合照。

除了廟會陣頭，網路上也常見有三太子附乩身為人解決事情的影片，通常，祂都會嘟著嘴、喝多多或是吃棒棒糖。

在網路看過一集影片是一位乩童起乩，廟方本以為是三太子中壇元帥降駕，就拿了祂的戰甲要給祂披上，但卻被乩童一手撥開，隨後祂擺了一個撫鬚的手勢，表明自己是關老爺，不是三太子。

通常乩身要被神明附身前都有些異樣的神態，例如閉眼、顫抖或打嗝，工作人員就會幫乩身披上戰甲，遞上神器。戰甲分為兩部分，下擺稱「龍虎裙」，一般是三片，左邊繡龍、右邊繡虎；而上身是一個肚圍，圖案就不一定，有的是繡龍鳳一類，也有繡雲朵之類的。

肚圍，其實是肚兜，台語稱為「肚綰」，是用來保護胸腹部

的菱形布圍，為古代婦女或是未成年的人所穿的貼身小衣。以前人認為腹部的保暖很重要，「肚綰」就能達到保暖的效果。

「綰」在北京語的解釋是「繫結、盤結」，用於「綰髮」、「綰髻」。在台語讀做【官七求】（kuan-7，繫也，器具），或【官二求】（koan-2，繫綰貫也），這裡讀前者，通常指繞著脖子懸掛在胸、腹部位的布製品，如肚綰（可藏錢的兜肚）、銀綰（繞脖子懸掛在胸前的錢袋）、頷綰（小孩子的圍兜兜），又如「帽綰」是指將帽子或斗笠繫在頷下的繩子或帶子，所以「綰」這個字應該是動詞轉名詞使用，引伸為帽子、斗笠的繫帶。

「頷綰」也稱「頷垂」或「頷圍仔」，小孩子穿掛在胸前，用來承接口水，防止衣服弄髒的衣物。「垂」有個讀音是【規五時】（sui-5，自上縋下），在這裡讀做【檜五時】（soe-5）。有趣的是一般都把「頷垂」的「垂」念【嘉五時】（se-5）。

《偕厝邊頭尾話仙》冊166篇〈圍軀裙〉有提到媽媽煮飯用的「圍裙」，過去有些人用日語「エプロン（源自英文apron）」，圍裙台語稱「圍軀裙」，有興趣請另行參考。

雲林縣政府出版的《雲林縣閩南語歌謠集—台灣記憶》收錄許多歌謠，其中有一首是「一個肚綰繡蓮花」，從「一個肚綰繡蓮花、欲繡一樣到枝椏，穿針挽線娘會做，奉送三兄來交陪」，到「兩個肚綰繡彩台」、「三個肚綰繡花盆」，一直到「十二個肚綰繡玉蘭」，從這首歌謠我們可以了解「肚綰」繡的花紋是很多樣的，另外，也可以相信過去它應該是很普遍的物品。

本文拼音參考。———————————

漢字	十五音	白話字	台羅拼音	台語同音字
綰	官七求	kuān	kuānn	汗
	官二求	kuán	kuán	館
垂	規五時	suî	suî	誰
	檜五時	soê	suê	--
	嘉五時	sê	sê	僎

364
薪禾

　　2023年4月底經濟部發布的「景氣對策信號及分數」，2022年11月起至2023年3月只有10~12分，往前2022年9月和10月都還有17和18分，再往前半年是28分。依照定義，23至31分是還算穩定，16~9分是低迷，也就是說現在的景氣是極差，已經低到不能再低。雖經多方努力，景氣仍無起色，也就是白忙一場、無法改善窘境，台語稱「未起氣」。

　　景氣差的時候，一般受薪勞工都會感受到萬物齊漲，唯獨薪水不漲。

　　受薪雇員一般台語寫為「辛勞」，質疑的人並不多。《臺灣話的語源與理據》作者劉建仁先生卻有不同的見解，他說：「台語夥計義的sin-lô也叫做sin-hô，可能先有sin-hô而後有sin-lô，sin-lô可能是sin-hô的音轉。」

　　他說：「sin-hô是泉州話『工資』的意思，廈門話也有這個詞，《普閩》把它寫做『薪禾』，『薪』是柴火，『禾』本指小米，後來泛指穀類，也指稻米，『薪禾』就是柴火和米，是生活上基本需要的物資，過去的雇主可能用實物的柴火和米做為支付的工資，後來折算金錢給現金，稱『薪禾銀』，讓夥計去買生活

上必需的物資，也簡稱『薪禾（sin-hô）』。二次大戰後初期的台灣，社會不安定，經濟不發達，物價飛漲，當時的公教人員也有過實物配給的制度，主要是米，還分大口、小口支給。後來隨著經濟的發展、物價的穩定而改為現金支給了。」

這樣的制度古代就有，以前官吏俸給皆以米計，稱「祿米」；《辭源》的解釋是「京官除俸銀外，按等級所給的糧食」。唐宋官吏除俸祿外，又給食料、廚料（折成錢鈔謂之料錢），二者合稱「俸料」。

記得小時候我父親當教師的薪資也是分兩部分，一部份是現金，一部份是實物，以米為主。可以理解「薪俸」、「薪資」可能是這樣來的，但是為何現在變「薪水」，就得進一步查證了。

「薪禾」或「薪禾仔」，他們的薪水不變，但是物價飛漲，錢變薄，有句玩笑話說：「以前一個老人一張可以用好幾天（指千元紙鈔，舊的千元鈔票是蔣中正的人頭照）；現在四個小孩一天要用好幾張（新版千元鈔正面是四個小朋友的圖案）。」貨幣貶值，我們會說「錢薄去」、「紙票變薄」、「錢無價」或、「錢落價」。

薪資大部分來自獎金的業務人員，對於景氣就直接有感，因為大家收入有限，會限縮消費，買車，緩一下，買房，沒錢，以致許多業務人員的收入會變少，「趁無食」，意思指薪水不多，甚至不敷使用。

「薪禾仔」也好，「辛勞仔」也罷，做得很辛勞都是真的。大家期待的是經濟穩定的發展，不要一直這樣「未起氣」、「趁無食」。

本文拼音參考。

漢字	十五音	白話字	台羅拼音	台語同音字
勞	高五柳	lô	lô	邏
禾	高五喜	hô	hô	和
	檜五英	ôe	ôe	--
	嘉一求	ke	ke	街

365
縛枝骨仔

　　看到「縛枝骨仔」這個詞，讓我想起小時候做過一件很缺德的事。

　　小學三年級以前我們家隔壁是所謂的「保甲」。

　　「保甲制」這種鄉村政治制度，其最早可以追溯到商鞅變法，商鞅在秦國開阡陌，編什伍，實施連坐制，其本質上是把軍事制度應用在民間。真正作為基層政治制度在社會基層實施則始於宋朝王安石變法。後來反反覆覆廢除又施行，名稱也有變更，清康熙二十三年（1684年）又開始實施保甲法。

　　日治時代台灣也有保甲制度，我家隔壁的「保甲」應該就是這樣留下來的，「保」相當於「村」，「甲」相當於「鄰」，「保」有「保正」，相當於村長，「書記」相當於「村幹事」，「甲」有「甲長」，也就是「鄰長」。

　　「保甲」是「保甲集會所」的簡稱，集會所前有一大片空地，我經常和鄰居朋友在那兒玩耍、彈彈珠、跳高、跳格子、佔公柱、打棒球。因為是泥土地，以可以挖洞，我做過的缺德事就是挖洞做陷阱。

　　先挖一個直徑20公分、深15公分的窟窿，底部直插幾根樹

枝，然後再用一些小樹枝跨過洞口，蓋上報紙，最後鋪上土和樹葉掩飾，如果有人踩上去就會陷到洞裡。

　　我查了一下才發覺，我小時候做的這缺德事就是「縛枝骨仔」[1]，差異是真正的做法是先將一排樹枝綁成一片，我沒做得那麼到位。

　　「縛枝骨仔」後來被當成「設陷阱」的代名詞，例：「頂擺互人抄去，聽講是警察叫人縛枝骨仔个（上次被抄，聽說就是警察叫人設的陷阱）！」

　　有人將「縛枝骨仔」解釋為「暗中部署」，舉例說：「欲選議員，佇一二個月前著愛『縛枝骨』矣，先布置家己的人馬，準備充足的錢銀，等基礎穩定了後才有希望勝選，抑無，到時臨時臨夜才欲準備，按呢就麻煩矣！」我認為這解釋有偏差，雖然同樣是在暗中佈署，而「綁椿」並不是設陷阱，但是「縛枝骨仔」是明確「設陷阱」的意思。

　　「縛枝骨仔」算是引申的說法，一般的用法是說「塌人」、「創空」或「陷害」。

　　還好，當時我們做的「縛枝骨仔」在隔天看時還是完好無缺，沒有人中陷阱受傷害，可能是因為樹葉的掩飾不夠專業，反而有點「此地無銀三百兩」而格外醒目，也或許去那走動的只有我們這些頑皮小孩。現在想想沒有傷到人還真是萬幸，所以，千萬不要無聊做這種害人不利己「縛枝骨仔」的事。

本文拼音參考。——————————————————————

漢字	十五音	白話字	台羅拼音	台語同音字
縛	江八邊	pȯk	pak̍	--

註釋 ——————————————————————
1. 「綁」字的台語一直沿用古用法「縛」，參考《阿娘講的話》070篇〈鼻芳〉。

366
虻摔

　　有一回經過蘭陽博物館，朋友跟我說裡面有些古物是她先生外婆家的，蘭陽博物館成立的時候，他們捐出去；其中有一頂「紅眠床」，她年輕的時候去看外婆還睡過，在紅布幕圍帳裡有一枝「拂塵」，是古人上床睡覺前用來驅趕帳內蚊子用的。

　　「拂塵」這名字好典雅，頗有仙風道骨的感覺，但其實它卻有一個俗到「要要的」的台語名字──「虻摔」或「虻摔仔」。

　　小時候看布袋戲，有些角色會手持「拂塵」，印象最深刻的是一身道袍的「天生散人」，他是「中原三俠」中的龍頭，同時也是三俠中道教的代表，原名牛天生，他的角色原型即是明朝的第一軍師-劉伯溫。

　　中原三俠的概念，在六合系列與史艷文系列中都有出現，六合系列中為天生散人、老和尚、賣唱生；史艷文中的三俠為聞世先生、怪老子、秦谷鶯；其中的「聞世先生」與「天生散人」，原型都是劉伯溫。

　　充滿智慧的「天生散人」手持「拂塵」，讓我對「拂塵」頗有敬意。依《維基百科》的解釋，「拂」又稱「拂塵」、「拂子」、「塵尾」、「蠅拂」等，是一種手柄前端附有獸尾毛

（馬、麈、氂牛、狐狸、大象等）、羊毛線、絲繩、布縷、棉、麻、棕櫚、尼龍等，外型類似撢子的器具，在日常生活中，用作為家具除塵及蚊蠅驅趕的用途。除了當用具之外，在漢字文化圈「拂塵」是道教和漢傳佛教禪宗的莊嚴法器，是文人雅士清談的持器、是宦官服侍帝王的執器、是代表王權地位帝王出行的御器，在小說中甚至還是道門中人的武器。

這樣的背景讓我們對它感到恭敬是無可厚非的，但是台語直接稱它為「虻摔」—「蚊子鞭」，是委屈它了。「虻」，【經五門】（beng-5），「摔」，【君四時】（sut-4，棄於地也）；教育部《台灣閩南語常用辭典》建議用字為「蠓捽」，「蠓」【公五門】（bong-5）。「捽」，【君四曾】（tsut-4，持頭髮也）。

有一句台語歇後語「乞食攑虻摔—假仙」，乞丐拿著拂塵，彷彿是仙人道士，其實是虛張聲勢，假裝的。

現在生活上已經看不到「虻摔」了，到鄉下吃冰，或許還可以看到電動趕蒼蠅的，有人稱「趕蒼蠅」為「颰胡蠅」或「拌胡蠅」。

如果有機會到蘭陽博物館，記得參觀一下這頂「葉宜興商號」家族捐出雕刻細緻的精美紅眠床，若有機會也可以再參觀一下「葉宜興宅」，了解它的歷史，絕對讓您的宜蘭之旅更有收穫。

本文拼音參考。

漢字	十五音	白話字	台羅拼音	台語同音字
虻	經五門	bêng	bîng	明
蠓	公五門	bông	bông	亡
捽	君四時	sut	sut	戌
捽	君四曾	tsut	tsut	卒

後記。

　　莊先生說：「我們家大人，現在只要到山上、霧氣比較重的地方，就會反射性地說『企雲頂、攑虻捽仔』。」

367
躽床

　　每次家人閒聊聊到小時候住日式宿舍，客廳後有一個大的榻榻米通鋪，二姊都會說他被哥踢到肚子的事。

　　過去日式宿舍都有一個多功能的空間，可以當作客廳、可以當作書房，也可以鋪上棉被當作臥室，客人來的時候，只要拉上拉門（障子），就可以成為客房使用；這個空間有人稱為「座敷」，但是「座敷」應該是指鋪設榻榻米的房間，不管是「居間」、「茶之間」、「廣間」，只要是鋪設榻榻米的房間，都可以稱為「座敷」，而這個房間應該稱為「廣間」。

　　我的記憶中，我經常睡在這裡、在這個房間玩耍，對我來說，它是一個超大的房間，可以隨意翻滾，所以我五歲的時候才會在這房間撞倒電風扇，在眉梢留下疤痕。

　　當然，這房間不只我會睡，我哥也在這睡午覺。可能是我哥常常睡午覺睡賴床不起來，爸媽就會喊二姊去叫醒他；不想起來的大哥發了「起床氣」，不情願地踢了二姊一腳，這一踢讓她連講五、六十年。

　　這裡要聊的不是「起床氣」，也不是「睡癖」，而是要說「賴床」。

「賴床」的台語有人稱「躽床」,「躽」是教育部《台灣閩南語常用辭典》的建議用字,解釋為「倒在地上或床上翻滾」,例:「不通佇土腳躽(不要在地上翻滾)。」不過,「躽」字並沒被收錄在《彙音寶鑑》中,而且在北京語的解釋是「身向前也」(廣韻集韻),或曲身,並沒有「打滾」的意思。

　　《彙音寶鑑》中【觀三柳】(loaⁿ-3)有一個字「𨃅」,意思是「身倒地一翻轉」,解釋和讀音是符合的,但是北京語字典並沒有這個「𨃅」字,看起來很像新造,也令人覺得不太安心,我們就先用教育部建議的「躽」。

　　其實,「躽」不一定是在地上,有個習俗,結婚當天,新娘子進洞房前,先找兩個五六歲的小男生,到婚床上打滾,三次來回,叫「滾床」,據說是期待新娘快點生兒子;這樣的動作台語也叫「躽」。

　　有些小孩子黏媽媽,喜歡靠近媽媽,半靠半躺在媽媽身上磨蹭,這也叫「躽」;這樣的動作最常發生在寵物,養貓狗的朋友應該都不陌生。

　　有人說「賴床」這行為雖然彷彿爭取到更多時間睡覺,但其實會使睡眠周期被打亂,導致睡眠慣性持續、作息混亂,造成腦部慢性疲勞。但也有人說「賴床」不只增加幸福感,適度賴床對身體健康更是百利而無一害,因為賴床容易讓人進入「快速動眼期」,「半夢半醒」的狀態可以減緩壓力,並增加荷爾蒙分泌及幸福感,賴床五分鐘,可以享受多睡一點的愉快,還能讓人更容易喚醒身體機能。

　　今天是假日,所以我安心地「躽床」,等一下再去睡個「回

籠覺」，不用「一睡解千愁」，也增加一些幸福感。

本文拼音參考。

漢字	十五音	白話字	台羅拼音	台語同音字
豃	觀三柳	loàⁿ	nuà	--
躽	觀三柳	loàⁿ	nuà	--

後記。

　　王小姐問「躽」怎麼唸，我回覆她說：「nuà」，她才想起，說：「啊，我定定講，毋捌漢字。」

　　是的，真的有好多字我們不知道怎麼寫，這也是我們一直要努力的地方。

368
綿精

　　有些看似負面的字，組成一個詞時就不一定是負面的，「死」和「爛」就有這種例子。

　　我家老大整天工作也整天玩遊戲，我看他經常都是掛在電腦前面，吃飯的時候常常都是一邊吃，一邊使用兩台手機、兩個 i-Pad，有的時候是晚上十一點回到家，或者是晚上十一點要去公司加班，常常我起床要上班的時候他剛要去睡。他的手機、平板、電腦的螢幕上幾乎都是遊戲，因為他在遊戲公司上班，玩遊戲是他的興趣，做遊戲是他的工作。

　　很認真、努力地念書或工作、堅持到底，台語可以用「綿爛」來形容，例：「伊讀冊誠綿爛（他讀書非常認真）。」

　　如果要加強語氣，也可以說「綿死綿爛」，例：「阿英都無愛你矣，你猶更綿死綿爛咧求伊，你哪會這戇啦（阿英都不愛你了，你還死心塌地地求他，你怎麼這麼傻啊）！」

　　「綿死綿爛」裡面有兩個負面的字「死」、「爛」，但是某個程度上，他們還算有一點「積極」、「堅持」的正面意義；跟北京語的「死纏爛打」有異曲同工之妙。

　　「綿死綿爛」比較常聽到，但是有一個類似的詞現在就比較

少人使用。

父親小時候很用功讀書，所以，我奶奶常說：「這個囝仔『綿精綿爛』咧讀冊，讀曷瘦硞硞！」「綿精」是教育部《台灣閩南語常用辭典》的推薦用字，它的意思是「鍥而不捨、汲汲營營，為達目的，想盡辦法，堅持到底，有時甚至到糾纏不休惹人厭的程度」，比如說：「綿精讀」就是「努力不懈地讀書」、「綿精趁錢」是「想盡辦法賺錢」，例：「伊的人真綿精，一仙五厘也加人算曷到（他為人錙銖必較，一分五厘的錢也跟人計較到底）。」

「綿精」除了單獨使用，也常和「綿爛」合用，「綿精綿爛」，或以疊字的形式「綿綿精精」出現。值得注意的是「綿精」的「精」讀做【梔一曾】（chiⁿ-1），雖然《彙音寶鑑》中「精」讀做【驚一曾】（chiaⁿ-1，妖精、精肉）或【經一曾】（cheng-1，正也、善也、真氣也、熟也、細也、純也、智也），沒有【梔一曾】的音，但是用在這裡一般都是讀為【梔一曾】。從棉花到綿布，要經過許多過程，取的原棉後要清棉（除雜、混綿、成卷），然後梳綿（進步的除雜、混綿、成條），條卷（並合與牽伸），再經過精梳、併條、粗紗、細紗、落筒、捻線、搖紗，之後才能織布。從過程來看，它算是一長串「精煉」的過程，用「綿精」似乎也解釋得通。

而【梔一曾】這個讀音在《彙音寶鑑》有個「湔」字，它北京語是「清洗、洗刷」的意思，我覺得似乎也可以用這個字。老話一句，在有更明確的證據之前，我們統一採用教育部建議，用「綿精」。

說真的，我也算是在假日「綿綿精精」撿拾、紀錄我們即將消失的台語的人。

本文拼音參考。

漢字	十五音	白話字	台羅拼音	台語同音字
精	驚一曾	chia^n	tsiann	正
	經一曾	cheng	tsing	鐘、晶
湞	梔一曾	chi^n	tsinn	氈

369
狗鯊

賴清德代表民進黨角逐2024總統大位，他提出「信賴台灣」的口號，這一陣子被譏為「性、Lie、台灣」，原因是許多民進黨人涉入詐騙與官商勾結的事，加上最近的im.B事件。有中時新聞網報導：「民進黨高官、民代與im.B詐騙案主嫌曾國緯交往，甚至有人還被詐騙集團政治供養的事，最近讓民進黨上下灰頭土臉。有不少人形容，這是台灣經濟詐騙集團和政治詐騙黨派的結合，創造了讓台灣名譽掃地的新奇蹟。」

最近，民進黨又被爆料宣傳片導演摸胸女黨工、有女黨工被男黨工性騷擾而主管竟檢討女黨工、組織部政務副主任性騷擾、發言人被性騷擾還被要求忍耐、女黨工遭椿腳拿信封襲胸卻被女議員禁止報警，還有蔡沐霖、林飛帆，因性騷擾被要求退選等等一大堆。所以，「信賴台灣」被消遣為「性、Lie、台灣」，唯一正面的效果是引起網路上對於「性騷擾」的台語怎麼說的討論。

「性騷擾」台語怎麼說還真的是一個問題，台語「妓仔誃」、「不祀鬼」、「豬哥神」、「瘸貓」，都是指那些騷擾女生的男生，指人，而不是「性騷擾」的這個動作或是行為。

動詞「騷擾」的台語一般常用「變挵」、「戲挵[1]」或「創

治」，不過這幾個詞與性或性別並無直接關聯，男生對女生的「性騷擾」，也只用這些「騷擾」的詞彙形容，如果有，能想到的大概就是「米糕涨」和「狗鯊」。「米糕涨」可以當形容詞，比喻男女關係複雜，也當作是「性騷擾」的動詞，例：「你若更來對阮查某囝米糕涨，腳骨就加你拍斷（你果再來騷擾我女兒，我就打斷你的腿）！」

另一個是網路上討論的「狗鯊」。「狗鯊」本是一種食用魚類，價格低，例：「狗鯊上適合的料理方式就是做魚漿恰魚丸（狗鯊最恰當的料理方式就是做魚漿和魚丸）。」另外，它也用來指稱「向婦人講性騷擾的話」，例：「阿三上愛偕查某人狗鯊，實在有夠顧人怨兮（阿三最喜歡跟女人開黃腔，實在惹人厭）。」「伊若喝幾杯仔，就開始起狗鯊（他若喝幾杯酒，就開始對女生瘋言瘋語）。」「彼个少年寡婦無所靠，庄裡不時有不祀鬼去加伊挵狗鯊（那個年輕的寡婦無所依靠，村子裡常有人去騷擾她。）」而為何「狗鯊」跟性騷擾連結？有人說是因為「狗鯊」性淫，也有人說是因為其口腔內壁皺褶給人之聯想。

另一個在台語新聞裡被提到的是「鼻趄」，這個詞可以當動詞也可以當形容詞用，「藉故接近心儀對象，硬巴著對方或騷擾對方」的意思，例：「不通這鼻趄，彼個查某囝仔都做人矣，你莫更加人鼻趄、膏膏纏（不要這樣硬想巴著人家，那個女孩已經訂親了，你不要再糾纏人家）」。

本文拼音參考 ◦

漢字	十五音	白話字	台羅拼音	台語同音字
戲	居三喜	hì	hì	肺
挵	江七柳	lāng	lòng	弄
潒	姜五時	siông	siông	祥
	薑五時	siûⁿ	siông	常

註釋

1. 「不動產借貸媒合平台im.B」打著標售債權，聲稱合法高獲利，吸引許多人投資，近日卻爆出該平台負責人捲款逃跑，被害民眾不只利息沒拿到，連本金也拿不回來，逾5千人組成自救會，損失金額高達25億元，這也是國內首宗大型P2P借貸平台倒閉，引發社會關注。
2. 「戲弄」，轉調的結果，「戲」多讀第一聲。
3. 「潒」請參考《講一句較無輸贏的》冊286篇〈潒〉。

370
話母

　　有些人會用人說話所帶的口頭禪、尾音或腔調來判斷他是來自哪裡，我認為腔調會比較準確，但是口頭禪就很難說了，例如有人說喜歡問「真的假的？」的是台中人，但感覺現在很多人都會這樣說，已經無法憑「真的假的？」來辨識台中人。

　　大部分的狀況「真的假的？」這句話並不是在問真的或是假的，而是聽話者對說話者所說表示「有興趣」，想要聽取更多內容的發語詞（你不要問我「真的假的？」，我會跟你說是真的）。

　　「口頭禪」台語稱為「話母」，例：「伊講話攏帶一個話母（他講話都帶著口頭禪）。」記得小時候看布袋戲，一齒个說「今」，二齒个說「哈麥」，就是最經典的。我四伯跟許多台灣人一樣，講話都會先帶一個「幹」或「幹X娘」。對於這類口頭禪，我們都知道是沒有意義的發語詞，「沒有意義」比較不會讓人在對話中感到困擾；但有些人的口頭禪是「你懂我意思嗎？」台語說「你聽有無？」這句話就有點尷尬，聽者回也不是，不回也不是，因為常常講話的人還沒講到正題就問「你聽有無？」，你丈二金剛摸不著頭腦根本還不知道他說的是什麼！

我發現也有人喜歡說「這樣子」，這應該也是來自於台語。「這樣子」幾乎都是不帶任何意義的，每句話都加個「這樣子」可能會讓聽話的人迷失在「這樣子」中。

所以，「口頭禪」能戒就戒，因為它是「話屎」，台語所謂「話屎」是「廢話、多餘的話」，例：「伊真厚話屎（他廢話真多）。」[1]

「話尾」則有兩種意思，一種是指絃外之音，話中隱含的意思，例：「人講話頭咱著愛知話尾（人家說頭我們就該知道尾）。」另一的意思是指「話的末段」，例如有句俗語說：「尪姨順話尾（靈媒會順著對方言語的末段、揣摩對方的心意來說話）。」

「話柄」不是別人說話的把柄，而是說話的話題，例如「拍斷人的話柄」是指「打斷別人的話題」。

「話蝨」才是指北京的「語病、話柄」，例如「掠話蝨」就是「挑語病」。「話蝨」跟「話骨」、「話縫」近似，例：「伊逐改攏愛揣[2]我的話縫（他每次都要挑我的語病）。」

大家熟知的台灣布袋戲大師黃海岱，長子黃俊卿，次子黃俊雄，都在布袋戲界享有盛名。「哈麥二齒」的戲偶及出場詩「回憶迷惘殺戮多，往事情仇待如何，絹寫黑詩無限恨，夙興夜寐枉徒勞」都是黃俊雄的創作，版權原屬黃俊雄，在2009年他將著作財產權讓與兒子黃立綱，黃立綱再專屬授權金光多媒體國際有限公司。

2019年底到2020年初，黃俊卿的兒子黃文郎（知名五洲園今日掌中劇團的負責人）在高雄市、台南市及台中市等地的競選

造勢場合或宮廟演出時，五度以自己重製的「哈麥二齒」布袋戲偶公開演出，並口述「回憶迷惘殺戮多，往事情仇待如何，絹寫黑詩無限恨，夙興夜寐枉徒勞」出場背景詩詞，被擁有著作財產權的堂弟黃立綱控告侵害著作權。台中地院法官認定黃文郎侵害金光多媒體公司的著作財產權，依違反《著作權法》判處拘役20日，「真的假的？」

「我覺得堂兄弟不需要鬧到這樣子啦，你聽有無？」

註釋

1. 「話屎」請參考《講一句較無輸贏的》冊241篇〈話屎〉。
2. 「趑」請參考《講一句較無輸贏的》冊242篇〈趑趑〉。

371
相

回家鄉的下午到對面國小散步，這是我長大的地方，有種人事已非，景物也不再的感覺，能變的都變了，教室、禮堂、操場、司令台、遊樂設施，都改建了，連木麻黃、榕樹，這些小時候讓我們邊抱怨邊掃樹葉的樹也都不復存在；能找到最老的，能連結到我童年記憶的東西大概是校方特別留下來的一段穿廊，還有一根不容易處理的電線桿。這根電線桿是架設當初網球場的夜間照明用，球場改建後，也許是搬運費事，所以還孤獨地立在那裡。幾年前我還經常去看村子裡幾位上了年紀的球友打球，因為上了年紀，眼睛和手腳都不好使，好不容易打個好球，就會歡呼聲四起，失誤時嘆息聲頻傳：「啊你無相互準！」「有啊，我相足準兮，想講這聲妥當矣！」

「相」的台語有好多個音，其中有一個讀【薑三時】（siong-3），是「盯視、看準、算準」的意思。最常用於「算命」，台語稱為「相命」。另外，如「金金相」就是「仔細端詳、盯著看」，「伊掠我金金相，講我偕個查某囝生做仝款仔仝款（他盯著我看，說我和他女兒長得很像）。」

「貓貓相」也是「注視，專心注意看」，例：「食雄，睏重，作穡貓貓相（吃得兇，睡得多，要工作就東張西望，比喻好吃懶做）。」

　　謝龍介先生也講過一句有趣的俗語：「目睭顧相桌頂紅龜，無看腳底一葩火」，雙眼直盯著桌上好吃的紅龜粿，卻沒注意腳下有一盆火，有大意、顧此失彼的味道。這個「相」不單是「看」，而是強力的對標的物的注視。

　　「相」也用在「相親」，它有「挑選」的意味在，不是單純的「互相看」，網路上有很多搞笑的相親影片，例如：

男：「王阿姨介紹的是吧？」

女：「嗯。」

男：「給你帶了個簡單的糖葫蘆，那我們直接開始吧。我30。」

女：「我28。」

男：「我海歸。」

女：「我985[1]。」

男：「我有房。」

女：「我有車。」

男：「我是東北地區熬夜狀元。」

女：「我是東北地區蹦迪女王。」

男：「我能喝30瓶，啤的。」

女：「我能喝兩斤，白的。」

男：「賦閒在家。」

女：「職業啃老。」

男：「哪玩意兒啊，怎麼那麼能喝呀。」起身離開，還把糖
　　葫蘆拿走。

也有很多把女生塑造成「拜金女」的。例如：

女：「開什麼呀？」

男：「我沒有開車。」女一臉不屑。

男：「有司機。」

女轉驚訝：「那車多少錢一輛？」

男：「我也不清楚，幾個億吧！」

女驚呼：「什麼車這麼貴？」

男：「我搭地鐵來的。」

　　從「相親」一詞，我們更可以了解「相」與「看」差別，選
擇未來的對象，一定要「金金相」。此外，中國大陸許多相親短
片的說法，都把「相」讀成第一聲，嚴格來說是不正確的，要讀
第四聲才對。

本文拼音參考 ◇

漢字	十五音	白話字	台羅拼音	台語同音字
相	薑一時	siang	sann	雙
	薑三時	siùⁿ	siùnn	--
	恭一時	siong	sionn	商
	恭三時	siòng	siòng	--
	迦一時	sio	sio	燒
	姜三時	siàng	siàng	鑲

註釋

1. 「985工程」俗稱「985院校」，是指中華人民共和國教育部原為了建設若干所世界一流大學和一批世界著名高水準研究型大學而實施的教育計劃，此名來自於1998年5月時任中共中央總書記江澤民在北京大學百年校慶上提出的想法。該工程至2010年第三批建設結束後共有39所高校入選。最初入選985工程的高校有九所，稱九校聯盟。

丁口錢

堂侄來我家說老家那邊大廟「玉天宮」玉王公做生日，廟裡要收「丁口錢」，問父親要不要「寄付」。

台灣民間信仰很發達，寺廟活動也很頻繁，辦活動需要很多經費，廟方的收入有一部份是信眾捐獻的香油錢，稱為「添油香」，這個概念可能與「點燈」的源起概念相同[1]。許多廟宇神明靈驗，點燈收入或香油錢收入很高，財力雄厚不在話下。

若不是錢多到用不完，遇到要舉辦活動的時候還是需要多少籌一點經費，因此有些地方還留有「丁口錢」的習俗。一般而言，一個聚落會有一間主廟，主廟的轄區分成幾個「角頭」，在這個組織架構下，每家每戶都有成為爐主與頭家的機會，「丁」與「口」是用以計算一戶人家的人口方式，男性稱為「丁」，女性稱為「口」，廟方執事與當地的村里長按照每家每戶的人口數收取費用，因而稱之為「丁口錢」。

據說各地計算丁口錢的方式也不太一樣，有的地方只收丁錢不收口錢；有些地方會將孕婦肚中未出生的寶寶算為一「丁」，也算是預祝這戶人家添得男丁；早期男尊女卑的觀念，衍生丁錢高於口錢的作法，隨著男女平權的思想發展，很多還在收丁口錢

的區域也逐漸轉型成丁錢與口錢同金額收取。

「收」丁錢稱為「抾丁錢」，例：「逐冬媽祖生，廟裡攏會抾丁錢（每年天上聖母誕辰，廟方都會照每家男丁的人數，去徵收分攤的費用）。」「抾」有時有強制與義務的味道，例如「抾稅」，是課稅、徵收稅賦，例：「政府若無抾稅，欲佗位生錢來建設（政府若沒有課稅，要從哪裡生出錢來建設）。」但是如果是「寄付」就沒有強制的意思。

「寄付」源自日語「きふ」，是「樂捐」的意思，雖然說「抾丁錢」感覺有強制的味道，但若有人剛好手頭較緊，或是家庭經濟狀況比較拮据，廟方人員也不會強迫，有些人也會採用不同的方式奉獻神明，例如打掃廟宇，或是在遶境期間幫忙煮三餐，甚至是協助各項打雜，都是「寄付」替代方案。

除了「寄付」，以前也有用「題捐」。而「捐錢」、「募款」基本上是從北京語來的，我們也不能說它錯，只是在它們之前用的是「寄付」、「題捐」。

時代繼續演進，用詞也繼續變化，「寄付」這個詞也逐漸式微，目前很「時行」（流行）的是「抖內」，它源自英文donate。

補充一下，「抾」字在教育部《台灣閩南語常用辭典》建議的異用字是「扱」，它讀為【金四去】（khip-4），有「斂取」的意思。現在人寫的「抾拾」，過去是寫為「拾拾」，「拾」有兩個音，【茄四去】（khioh-4）、【金八時】（sip-8）。「食食拾拾」這個詞在北京語四個字是同音，在台語是四個不同的音。

本文拼音參考

漢字	十五音	白話字	台羅拼音	台語同音字
拾	茄四去	khioh	khioh	卻
	金八拾	sip	sip	習、十
扱	金四去	khip	khip	吸

後記

　　余先生說：「現在的宮廟，卻是文言文及白話文，傳承的地方。」確實宮廟與相關祭典保留相當多的古典用法，是一塊可以探究瑰寶的地方。

　　葉先生說現在丁口錢不能強制，是因為信仰不同，並提到：「題捐，閣有一个詞，題緣。」

註釋

1. 點燈，請參考《番薯不驚落土爛》冊477篇〈點燈有分，分龜跳坎〉。

373
啞口

　　友人送我兩顆粽子，說好聽是「文創」，嚴格來說是不會包粽子的人包的粽子。它的做法是兩片粽葉十字交叉把油飯包起來，再用細鐵絲束口。跟別的粽子不一樣的地方還有兩個，第一，它是單顆包裝，並用真空袋密封；其次是對我胃口和喜好的地方：裡頭包的是牛肉，不是豬肉，而且是有牛腱心、牛筋和牛百頁的「川味牛三寶麻辣」口味。

　　我決定拿它來當隔天便當，我打開密封袋，拆開粽葉後覺得有點後悔，通常我帶粽子時候會在早上先蒸過（因為家裡粽子通常是冷凍保存），但是我這次卻是將冷凍的粽子直接打開，很擔心在公司微波的時候沒辦法熱透，就會變成一顆顆硬硬的米粒。

　　煮飯或煮粽子時太過急躁可能導致米心沒熟透，有句話「緊火，冷灶，米心未透」，有趣的是如果米心沒熟透，之後再怎麼煮也都煮不熟，不知道這跟水果變「啞巴」是不是相似的狀況。

　　「啞巴」台語說「啞口¹」，一種意思是指不能言語的人，例：「你若無講話，人也未加你當做啞口（你不說話，也沒人當你是啞巴）。」另一種是指生物失去其機能，例：「這粒豆仔啞口去，種未發芽（這顆豆子壞了，種了不會發芽）。」我們比較

常見的可能是水果的熟成，舉釋迦為例，釋迦放冰箱，就會停止熟成，所以要在常溫擺放到軟，釋迦果香四溢後再放進冰箱冰存；如果未熟直接放進冰箱，它會停留在未熟的狀況，即使之後拿出來放到室溫，也不會再熟了，台語稱為「啞口」。

中午，我小心地先「解凍」再「微波」加熱，還好，我的做法是OK的，我開心順利地享用兩顆香噴噴的文創牛肉粽。

我在臉書上貼文，還真有識貨的朋友貼出該食品廣告，也有人說是「3D油飯」，這形容得還滿貼切的；還有一位朋友說「心意最重要，但是不會包是事實，因為沒有被奶奶傳承到就失傳。」

粽子的包法各地不同，並不一定要怎麼包才可以，但是媽媽有媽媽的包法，我們要傳承的是媽媽的包法的粽子，就像我們要保留的「阿娘講的話」。

註釋

1. 「啞」與「瘂」為異體字。「啞口」請參考《阿娘講的話》冊073篇〈好鼻師〉。

374
砧砧

　　不知道是「我的北京語」不好還是「北京語」不好，我常常發現找不到適合的北京語詞彙來形容一件事，但是，在台語卻可以。

　　前天去看牙，護理師說要先照X光，要我咬一個墊片在嘴巴裡，她說可能會有點不舒服，要忍耐一下。

　　墊片是長方形，直立放嘴巴裡會碰到上下顎，護理師直白地說「會有一點不舒服」是沒錯，但是她卻沒說明是怎樣的不舒服。如果北京語要說明清楚一點，可能會說「有異物感」，再清楚一點可能是「刺刺的」或「卡卡的」，但是，這都還是有點模糊。台語會說「砧砧」，而且一聽就懂。「砧」，【兼一地】（tiam-1）。

　　「砧」除了用在「砧板」，它有一個意思是刺痛的感覺，例如風沙吹進眼睛，眼睛有刺痛感，我們就可以說眼睛「砧砧」；打赤腳走在小石子路面，腳板也會覺得有點刺痛，這也叫「砧砧」，北京語的「刺痛」並無法清楚地說明這樣刺痛的程度，但是台語的「砧」是被清楚定義的，它是有一點的刺痛，但是沒有到傷害皮膚的程度。

以前皮膚受傷，包紮之前要用雙氧水清洗，會有刺刺不舒服的感覺，我笨拙的北京語一樣想不出來適當的字眼來形容它，而台語則稱為「豉」，讀為【梔七時】（si^n-7，豆豉），醃製除了「醃」，【兼一英】（iam-1），一般就是用「豉」這個字。教育部《台灣閩南語常用辭典》說「豉」：把生鮮的食物如蔬果、肉類、海鮮等，醃漬成醃漬品，或形容傷口或眼睛部位受到鹽或藥物刺激的刺痛感。

前面提到赤腳踩在小石子路面的刺痛感叫「砧」，另一種狀況是「赤足猛地腳跟用力撞擊到地面時，局部壓力太大造成足跟背部傷害（表面沒有破皮）」，稱為【江一地】（dang-1），《彙音寶鑑》收錄「痠」字，但是這字在北京語的意思是「踢」。周長楫先生所編的台灣版《閩南方言大辭典》收錄的是「痠」。

台語的分工真的很細緻，或許北京語原先也有適當的形容詞，只是被我們遺忘，而台語，在我們還能保存的時候就應該盡量把它留下來。

本文拼音參考

漢字	十五音	白話字	台羅拼音	台語同音字
砧	兼一地	tiam	tiam	--
豉	梔七時	sī^n	sīnn	--
醃	兼一英	iam	iam	閹
踏	江一地	Dang	tang	東
痠	江一地	dang	tang	東

375

無奈何

最近有位網友在我消失中的台語臉書《阿娘講的話》010篇〈姑不而將〉文中留言:「無奈何」。有另一位回應:「爆久沒聽過了!」

「無奈何」這個詞特別的不是它的字,而是它的讀音,所有的台語字典都說讀做「bo-5 ta-1 ua-5(bô-ta-uâ)」或「bo-5 ta-1 bua-5」,「無可奈何」的意思,又說成「無奈得何(bo-5 ta-1 tit-4 ua-5)」。教育部《台灣閩南語常用辭典》解釋為「無可奈何、不得已」,例句:「無奈何,只好去覓阿伯鬥相共。」

不過,也有人的解釋和用法不一樣,「你按呢做實在足無奈何兮!」意思是「你這樣做真的是多此一舉!」味道有一點點相似,但還是不太一樣,或者,它是一種「無可奈何」的「多此一舉」,問題是我找不到讀做bô-ta-uâ的理由。

「無」字開頭的詞彙很多,也蠻多現在很少用的,例如:「無獻哼」,意思是「沒有一點影響」,或「沒有一點反應」,例:「我加伊講半晡,伊攏無獻哼一下(我跟他講了半天,他連吭都不吭一聲)。」這裡「獻哼」讀做「hinn-3 hainn-1」,我認為它是狀聲詞,所以用字可以不深究。

「無路使」或「無事使」都是「沒有用」的意思，我記得以前我媽媽常會說：「變變趖个攏無事使（搞那些都沒有用）」。

　　「無捨施」是「可憐、悲慘、難為情」的意思，例：「爸母無捨施，送囝去學戲（父母實在難為情，萬不得已才把子女送去戲班學習演戲）。」以前學戲的孩子不但辛苦，而且常遭體罰，送小孩去學演戲是很不得已的。又例：「這細漢就無爸無母，真無捨施（這麼小就父母雙亡，真可憐）。」

　　有一句蠻有趣的：「無啥物伶咧」或說成「無哪貨仔伶著」，是用來比喻事物沒有想像中複雜或不得了，直白地說是「沒啥了不起的」，例：「有一括技術看得真複雜，做熟手了後，無啥物伶咧（有些技術看起來很複雜，做熟練了以後，其實也沒甚麼大不了的）。」

　　也還有一些不容易查考，但還留在早期字典的，像「無衰醜」是「絕不反悔」、「絕不失言」的意思，例如：「你敢開嘴，我攏互你，無衰醜（只要你敢開口，我全部都給你，絕不後悔。）」還有的連漢字怎麼寫都不易查，例如「無【江四地】（dang-4）【江一出】（tson-1）」，通常是形容生病吃藥並無好轉。

　　「無連天」是當副詞「極為、非常」用，「無連天好」就是「超級好」。一開始提到有人說「爆久」沒聽到「無奈何（bô-ta-uâ）」，就可以說「無連天久」。

後記。 ────────────────────

　　王小姐回應：「我在社大上台語客才從70歲得同學口中聽到～」

　　呵呵，應該說我也還年輕，我也不常聽到⋯⋯

376
跙

過了小暑，天氣更加炎熱，中午躲在辦公室不想出門。下午三點多，突然雷聲大作，下起大雨，探頭往窗外看，才一會兒功夫，後棟車道斜坡雨水匯成小水溝，打傘經過的行人，狼狽提腳跨過這道急流，褲子已經濕了，鞋子浸水更麻煩。

「跨」字台語讀做【瓜一去】（khoa-1），音同「誇口」的「誇」，意思是「兩股之間，又行不進也」，也就是說它是一個靜態的動作，就像「跨海大橋」的「跨」，或是「橫跨歐亞大陸」的「跨」，它是不具動作性的。

但是雨中疾行的人們，跨過小水溝，「跨過」時腳的動作與走路略有不同，跨過之後還會繼續前行，台語說【監七喜】（hann-7），教育部《台灣常用閩南語辭典》建議的替代用字是「迒」，例：「迒過戶模（跨過門檻）」、「迒過田岸（跨過田壟）」。所以「抬腳越過」台語不叫「跨」，關於這點，教育部是對的，不過，選「迒」當作替代用字是有點怪怪的，因為「迒」是「野獸經過所留下的痕跡」，許慎《說文解字序》：「黃帝之史倉頡，見鳥獸蹄迒之跡，知分理之可相別異也，初造

書契。」

《彙音寶鑑》收錄的字是「跰」，舉例為「跰過」；《康熙字典》的解釋是「行貌」，它符合了我們所說這個動作是動態的，是連續的的概念。

不是每個人都害怕鞋子濕，有個媽媽牽著一個約莫三四歲的小男孩，他半蹲往前跳到積水中，在水中又踢又踏使得水花四濺，玩得好不開心。

我們在好幾個地方談過台語手部動作的用字與北京語用字不同，腳部的動作也是。「蹲」在北京語的解釋是「彎曲兩腿，臀部虛坐而不著地」；雖然在台語的意思也是相同，但是這字台語讀做【君一曾】（tsun-1，踞足也[1]），或【龜五去】（ku-5，屈膝立也），日常生活中說「蹲馬桶」為「蹲便所」，比較常讀為【龜五去】的音。

至於我們常說的【龜一去】（ku-1）的「蹲」，教育部《台灣常用閩南語辭典》建議的替代用字是「跍」，例：「伊跍佇門口看過路人（他蹲在門口看行人）。」《廣韻平聲模韻》：「跍，蹲貌」，而《彙音寶鑑》收錄的字是「跔」，不過「跔」通「痀」，是足因寒而彎曲，字義不合。

腳用力踩踏，台語說「蹔」，【甘三曾】（cham-3，蹔土腳）；「踹」讀為【觀二出】（chhoan-2，足跟也）、「跞」也未收錄在一般的台語字典，因此應該都不是【甘三曾】（cham-3）的原字。

而如果是普通用腳隨便踩踏的「踐踏」，寫為「踐」，讀為【君二他】（thun-2），它的另一個音是【堅二曾】（chian-

32），用於「實踐」。

「踏」讀做【甘八地】（tap-8），是「用腳踩著地或東西」，例如「行踏」是指「走動」或「與人來往」。「踏」也做「估價、折現」、「言明在先」及「抽成」用。

「踩」讀【皆二出】（chhai-2），遊街、繞境。舉辦廟會活動時或戲劇開演前，常在街上或場地附近盛裝遊街，來慶賀或宣傳。

小男孩牽著媽媽的手回家了，回頭依依不捨地又再看了積水一眼。

雨停了，也涼快了一些。

本文拼音參考。

漢字	十五音	白話字	台羅拼音	台語同音字
跨	瓜一去	khoa	khua	誇
跈	監七喜	hāⁿ	hānn	--
蹲	君一曾	tsun	tsun	尊
	龜五去	kû	khû	--
跔	龜一去	ku	ku	龜
蹔	甘三曾	chàm	chàm	蘸
踐	君二他	thún	thún	--
	堅二曾	tsián	tsián	剪
踩	皆二出	chhai-2	tshái	彩

註釋 ——————

1. 「踞」，【居三求】（ki-3，蹲踞箕踞，又踞物而坐），是「伸腿而坐」，如：「箕踞」，《左傳·襄公二十四年》：「將及楚師，而後從之。乘皆踞轉而鼓琴。」其實，我們說的「蹲踞」，一個是蹲，一個是坐，「蹲踞」基本上是坐。

377
簾簷

　　台北有幾家星巴克咖啡（Starbucks）的特色門市，其中四家是老建築改裝，保安門市是大稻埕富商葉金塗古宅，艋舺門市是林家古宅，重慶門市是「辻利茶舖」舊址。我想既然是古老建築，或許可以找出一些台式風格「古早味」，可是我有點失望。

　　這些建築基本上都是以日本一級紅磚為主要建材，搭配洗石子拼花地板，有圓拱窗、或是巴洛克建築風格圓拱、愛奧尼克式圓柱，配上立體浮雕及花草紋飾、魚鱗瓦屋頂。我失望的原因是這些其實都算洋房，並沒有太多屬於傳統台灣建築的元素。唯一一個是在艋舺門市有個「閂閂」，跟我小時候在外婆家的「單伸手」看到的是一樣的。「閂」，音【官三出】（chhoaⁿ-3）。

　　除了前面提的三個門市外還有漢中門市，這些都是在大稻埕、西門町到艋舺一帶，是早期極為繁華地區的洋樓，或許我們可以說這是那個時期的台式洋樓風格，至少要比現在「鐵窗鳥籠，鐵皮遮雨棚，騎樓封閉，頂樓加蓋」這樣的風格要好得多。不看台北洋樓，讓我們回到鄉下看閩南式民宅（一般簡稱「民式仔」）。

　　「民式仔」三合院正面那一排叫正身，中間是大廳，往左右

各加一間叫「三間起」，各加兩間叫「五間起」，有錢人會各加三間叫「七間起」，或甚至到「九間起」。一般而言，這些房間大小相同，只是間數不一。

有的三合院是前後建，中間不是隔著一條小路，而只是隔一條小小走道，那後面的要比前面的高。

你會說不懂怎麼高法？讓我們一起進大廳看了再說。

大廳門兩旁柱子貼著春聯，台語稱「柱聯」，以前橫批下方都會貼「五福符」，「五福符」簡稱「福符」，另外還有「掛箋」、「吊錢」、「門花」等等很多種說法。現在很多被省略，這些名字恐怕也會被遺忘。

大廳上方的橫樑稱「中脊」，前面所提三合院的高度就是用「中脊」的高度來衡量。如果「中脊」較低，屋簷也當然比較低，屋簷台語叫「簾簷」（ni-tsinn）或「砛簷」（gim-tsinn），屋簷下叫「簾簷腳」。

中脊與門中間還有一根橫樑，叫「天公樑」，用來懸掛「天公爐」和「三界公燈」。後方約略相對於天公樑的位子是一面牆，神明桌就靠著這牆面放。神明桌台語叫「紅架桌」、「案桌」或「佛桌」。神佛畫像叫「佛祖彩仔」（一般唸「佛祖漆仔」）。這道牆後面有一個小房間叫「後間」。

很多人家房間不是「擺」一張「紅眠床」，而是打一個通鋪。古時候會在房間隔一條「土桶巷仔」，放「土桶」，「土桶」是給女性方便的馬桶，男性則尿在竹製的「尿管」，白天再拿出去清理。其餘的空間架約二尺高的通鋪為「眠床」，眠床下稱「眠床腳」。後來有蓋廁所的觀念後，就不再留「土桶巷

仔」。

三合院左右兩邊的整排廂房叫「護龍」，也叫「伸手」。有人說通常三合院是坐北朝南，所以兩個廂房一在東一在西，大房住左邊東廂房，二房住右邊西方房，因此，妯娌稱為「東西仔」。不過這是錯的，應該是「同姒」。「同」，是齊、共的意思；「姒」，昆弟之妻相謂為姒。至於「連襟」，一般叫「同門个」，意思是兩人娶同一家的女兒。另外比較口語的說法是「大小仙」。

現在幾乎沒有人會新蓋三合院，舊有的三合院逐漸成了古蹟，而許多名詞也只會在書上出現。例如都市人過年貼春聯都只貼個單張紅色的，甚至不貼，更別說「五福符」了；要不是父親跟我說，我也不會知道「土桶」或「土桶巷」這玩意兒，甚至以為水桶裝水、飯桶裝飯，所以土桶裝土，哪知道它是裝大便？

本文拼音參考

漢字	十五音	白話字	台羅拼音	台語同音字
閂	官三出	chhoàⁿ	tshuànn	--
簾	居五柳	lî	lî	離
簷	梔五曾	chîⁿ	tsînn	錢
姒	龜七時	sū	sū	士
	皆七時	sāi	sāi	似

後記

黃先生說：「我們稱吊錢、紅架桌。」

顏小姐說：「佛祖彩仔，阮講：佛祖檫仔。」其實，我覺得「佛祖漆仔」、「佛祖彩仔」或「佛祖檫仔」可能都不對，有一種可能是「佛祖剎仔」，「佛剎」解釋為佛土，佛教為佛陀所居住或應化的種種國土，而讀音也完全相同。

黃小姐提到：「我沒住過傳統厝，歹勢請問版主中脊與楹仔（înn-á）有何不同？」

依照北京語的解釋，楹是柱子，所以門柱上的對聯也稱楹聯；但是有些地方稱與樑平行的為楹仔。後來我請教了文化部表揚的大木作匠師，簡單來說，與樑平行的為楹仔沒錯。

378
迴海

　　這一個禮拜最熱門的新聞大概就是北科大和大道創意料理快炒的「白飯事件」，事情應該快落幕了，但是卻是個全輸的結局。

　　事情是這樣子的，北科大資財系的營隊在活動結束後到「大道創意料理快炒」吃飯，原先說有20人，實際上到了27位，當時時間可能稍晚，所以店家的白飯量不夠，由於煮飯需要時間，業者建議先點炒麵，但學生婉拒後就離開，然後Google狂洗一星負評。

　　業者無法接受這樣的狀況，找上媒體申訴，於是學生去跟店家道歉，卻在隔天又指稱是被校方逼迫，接下來又是一波網路互控，並引發了一大群「食飽傷胃」的鄉民參與此論戰，終至業者決定無限期停止營業，北科大資財系的網站被灌爆而關閉。

　　問題可能出在對「白飯免費供應」的認知不同，學生認為白飯不夠，吃不飽，所以不開心、給負評，但是業者認為「免費供應」並不等於「無限供應」，況且再煮一鍋飯也需要時間。

　　台灣有許多「吃到飽」的餐廳，除了自助餐店，以燒烤、火鍋最多，還有很多店也都是飲料「無限暢飲」，台語可以說「喝

迴海」。

　　教育部《台灣閩南語常用辭典》中，「迴」是替用字，念為【江三他】（thang-3），有「通達、穿透」的意思，例：「這條路迴新店（這條路通到新店）。」、「伊的人就是一條腸仔迴尻川，無啥物心機（他為人就是一條腸子通到底，沒什麼心機）。」

　　「迴」的用法和字義與「透」很接近，我們也可以說：「這條路通新店。」一整年可以說「透年」也可以說「規年迴天」。

　　「透」，讀做【沽三他】（tho-3，通也、過也），也讀【交三他】（thau-3，通透、透澈）。

　　「迴」在《彙音寶踐》中讀做【公七地】（tong-7），意思是「過也，又通達也」。而我們習慣說的【江三他】（thang-3）的音，卻只有表示「疼惜」的「痛疼」的「疼」這個字。

　　「白飯之亂」在今天落幕，店家拉一半的鐵門下來，做最後一天的營業，雖同意記者在外面直播，卻不讓記者進去攝影。直播間開放讓觀眾投票，剛剛很無聊地看了一下，百分之八十八支持店家，百分之十二支持學生。店家與學生，包括學校都受了傷，無論如何，是全盤皆輸。

　　對岸網友看到這個新聞反應是：「台灣沒有白飯吃嗎？」

本文拼音參考。

漢字	十五音	白話字	台羅拼音	台語同音字
迴	江三他	thàng	thàng	痛
	公七地	tōng	tōng	動、洞

漢字	十五音	白話字	台羅拼音	台語同音字
透	沽三他	thò	thòo	吐、兔
	交三他	thàu	thàu	--

379

㑉昉

今天是農曆初一，我用我「草莓吐司日」儀式懷念母親。

　　陪媽媽住院的最後一天早上，我問媽媽想吃什麼，她說「草莓吐司好了」，這是我最後一次為媽媽買早餐，媽媽走後，我把初一十五稱為「草莓吐司日」，用草莓吐司和媽媽最愛的茉莉蜜茶當我的早餐。

　　媽媽禮佛至為虔誠，除了每逢初一十五，準備鮮花敬果到佛堂禮拜之外，每天早晚都會到佛堂獻香，我記得她說的是「㑉昉早晚獻香」。

　　「㑉」，【巾五英】（in-5），「深」的意思，「㑉夜」是「深夜」，《三國演義》第二十一回：「國舅㑉夜至此，必有事故。」

　　「㑉晚」是今天晚上，而「㑉昉」也是今天晚上，「㑉昉」也被習慣性地連音讀成為「英」，以致「昨晚」的「昨㑉昉」變成「昨英」。「昨㑉昉」與「昨暝」有些差別，基本上「昨暝」比較著重睡覺的時段，例：「你昨暝是去做賊仔呢？無，精神哪會這爾醜（你昨天晚上是去當小偷是不是？不然，為什麼精神會這麼差）？」

「昉」，【公二喜】（hong-2），「旦」、「初明」，天剛亮的時候。我們說的「昨昉」是昨天，但是似乎都已走音成為「昨方」，甚至只剩下【江一曾】（chang-1）的音。「昨方」的「方」讀做【褌一喜】（hng-1），與「昏」同音。或許也因為如此，也有人稱昨天為「昨昏」，不過它不是很合理的地方是昨天不等於昨天傍晚。倒是你若說昨天晚上是「昨下昏」是合理的。

　　媽媽所說的「夤昉早晚」是怎麼解釋讓我陷入思考，我想像的結論是：「夤」是晚上、「昉」是白天，「夤昉」和「早晚」同義，同意副詞強調兩次，說明周而復始的循環。

　　其實，對媽媽的思念不是只在初一十五，也不是「夤昉早晚」，而是幾乎是無時無刻，是「不時」就會想到。有位朋友跟我說她媽媽離開四十幾年了，至今他想到媽媽還是會掉眼淚；有一位朋友，在我媽媽離開後幾個月她父親過世，我跟她說我完全可以理解她思念她父親那種撕肝裂肺的感覺，對我來說，這一輩子所有的成功失敗，沒有一件事比媽媽的離開對我衝擊更大，初一十五或「夤昉早晚」懷念母親，「不時」想起母親，都是最自然不過的。

本文拼音參考。───────────────

漢字	十五音	白話字	台羅拼音	台語同音字
夤	巾五英	în	în	寅
昉	公二喜	hóng	hóng	仿

漢字	十五音	白話字	台羅拼音	台語同音字
方	褌一喜	hng	hng	荒、坊
	褌一邊	png	png	傍
	公一喜	hong	hong	風、豐
昨	公八曾	chȯk	tsȯk	族
昏	褌一喜	hong	hong	荒、坊

380
九歸

　　如果你跟我年齡近似，可能你還記得國小時候的教室：黑板上方有國父遺像，教室後面有蔣總統玉照，教室裡不一定有風琴，風琴跟同樓層班級共用，上音樂課前老師會派幾位高大強壯的男同學去搬風琴。升上三年級以後，教室會掛一個大算盤，因為要上珠算課，大大的算盤掛在黑板上，是我的「中年級」印象，但其實我們珠算課上得很少，根本沒有用到它。

　　媽媽是我看過少數幾個常用算盤的人，雖然計算機很早以前就有，但是媽媽到八十幾歲都還是習慣用算盤。

　　算盤，我只會加法，我不知道怎麼有人可以用算盤加減乘除，手指飛快撥幾下立即得到的結果，很不可思議。

　　珠算乘法有口訣，叫「九因歌」，其實就是九九乘法表，它唸：

　　「一一如一，一二如二，一三如三……一九如九；二一如一，二二如四，二三如六，二四如八，二五一十……」

　　小時候隔壁的葛先生就用這教女兒，但是他女兒超排斥，因為跟學校教的不一樣，「五四二十」、「五六三十」，不是「五四中二十、五六中三十」。

另外還有個「九歸歌」，它是珠算中用一到九的九個個位數為除數的除法口訣：

　　「一歸」就是除數為一：「逢一進一，逢二進二，逢三進三，逢四進四……」；「二歸」是除數為二：「二一添作五，逢二進一，逢四進二，逢六進三，逢八進四」；我們常常說的「二一添做五」就是從這裡來的，二除十的商是五，通常是指利益評分，互不佔對方便宜。

　　「五歸」用到「向右移積」的技巧，也就是被除數乘以十的概念：「五一添作二，五二添作四，五三添作六，五四添作八，逢五進一」；除數大於六就比較麻煩，六歸：「六一下加四，六二三加二，六三添作五，六四六加四，六五八加二，逢六進一」；六二三加二就是六除二十等於三餘二。

　　有句俗諺：「九歸熟透透，討錢沿路哭」，這句話是說精打細算的人，借錢給人只貪圖利息錢，但卻討不回本金，反而悽慘，有比喻放高利貸的人終會嚐到惡果的意思。

　　我們用的算盤大概都是上排一珠下排四珠的一四珠算盤，聽說二五算盤更好用，特別是用在非十進位數的計算，如「一斤十六兩」，所以二五算盤又稱斤兩算盤。除此之外還有上三珠下五珠，甚至博物館還有廣東出土清朝時期上二珠下六珠的算盤。

　　計算機問世之後，用算盤的人少了，大多數人家裡不再有算盤；手機出現後甚至連計算機也沒有了，因為手機裡就有計算機功能想念家鄉抽屜裡媽媽的算盤，但我，還是用計算機和手機就好了。

381
龍袍

　　今天是七月二十三，大暑，剛好是農曆六月初六，又稱「曝書日」、「曬龍袍日」、「曬經日」、「翻經會」，是一個充滿傳說的日子。

　　傳說乾隆皇帝有一年六月六日巡行揚州遇到大雨，於是將龍袍脫下來曬太陽，想必那時候的天氣跟最近類似，整天的大太陽，下午三、四點突然下雷雨，把乾隆淋濕了，雨停之後，太陽出來立刻曬曬龍袍。

　　「曬經」的傳說則是來自玄奘法師，據說他西天取經歸來，在六月初六不慎將經書掉入水中，他趕緊撈起來曬乾，所以，這日也是曬經日。

　　後來市井小民就也選在這天曬衣物，佛寺曬經，文人則曬書。《千字文》中有句「隆貧曬腹」，指的是《世說新語》〈排調〉裡記載郝隆的故事：六月六日人家開箱倒櫃曬衣物時，家裡貧窮的郝隆沒啥東西好曬，便仰臥在地上曬太陽，曬曬他自己的腹滿經綸：「吾曬腹中書耳」。

　　把曬肚皮當作曬書的也不只郝隆，清朝的朱彝也是，還被微服出巡的康熙遇到，康熙問了他一些問題，發現他肚子裡真的有

東西，當場封他為翰林院檢討。

六月初六的傳說不僅止於此，相傳元朝時朝廷派兵鎮壓土司，土司王身披龍袍英勇抗戰，不幸血染龍袍戰死沙場，後來人們把他穿的龍袍在每年六月初六拿出來曝曬，做為土司王殉難日。

農曆六月初六也是「天貺日」，也有人說是「天貺節」，相傳是開天門之日，也是玉帝稱帝之日，台南市舊天公廟「開基玉皇宮」也在這一天午時曬玉帝龍袍。

台語怎麼說「六月六，曝龍袍」呢？一般人都將「袍」字讀為【交五邊】（pau-5），長袍也。我父親跟我說：「較早攏講【恭五柳】（liong-5）【沽五邊】（po-5）。」我查了《彙音寶鑑》，「袍」解釋為「龍袍，古官制服」的時候是讀【沽五邊】（po-5），也就是它說有兩的讀音，而且意義不太一樣，現在舊時「龍袍」的讀法也逐漸被淡忘。

下一篇我們會談到「討厭」，台語用「討憖」，我們絕大部分知道它怎麼讀，但是可能大部分的人都忘了台語「厭」的讀音與「憖」不同。

偶而曬曬書、曬曬肚子是好的，古人說「曬衣衣不蛀，曝書書不蠹」，不要把「龍袍」的讀音給忘了，至少曬曬太陽有利維生素D生成。

本文拼音參考⁕

漢字	十五音	白話字	台羅拼音	台語同音字
龍	恭五柳	liông	liông	隆
袍	交五邊	pâu	phâu	咆
	沽五邊	pô	pôo	蒲

382

厭恨

有個同事想離職，他說：「今天所有周遭的人，應該都感受到我發火了，我很火大！說實在的，公司未來會怎樣發展，也許有全球物流中心也說不定，我現在提出的方案，或許不是最好的，但我提的是目前的最適化方案，誰也無法預測未來。昨天對我無端的指責、批評，我無法忍受，我是來上班的，不是取悅他部門的狗，也不是奴才！」

習慣了有禮貌的企業文化，我們對於公司的「新物種」感到適應不良，對事的評論、檢討沒有問題，但是對人身的攻擊和批評真的不應該。

這種人大概是人見人厭吧！教育部《台灣閩南語常用辭典》，「厭」：使人厭惡、不喜歡，例：「我上討厭彼種講話無信用的人（我最討厭那種講話沒信用的人）。」又「厭癢」：疲勞困乏、厭惡倦怠的感覺，例：「我感覺足厭癢兮，飯攏食未落去（我感覺很疲困，吃不下飯）。」教育部也說「厭」是替用字，因為「厭」讀做【甘四英】（ap-4，服也、伏也、讓也、順從貌也）、或【兼一英】（iam-1，飽也、足也）與【兼三英】（iam-3，厭足、厭氣），我們平常所說「討厭」的「厭」都是

讀【迦三英】（ia-3）的音。在【迦三英】（ia-3）的音中有一個是「憖」，憖煩也、不樂也。因此，北京語的「討厭」台與應該寫做「討憖」。

如果要用「厭」字，可以考慮用「厭恨」，這個詞被使用的頻率已經很低，知道的人也越來越少，「厭」讀做【兼三英】（iam-3），不要把它唸成「憖【迦三英】（ia-3）恨」。

比較口語的還可以說「感」，怨恨、討厭的意思，例：「我足感伊兮（我很討厭他）。」這個字也可以用在因怨恨而傷心、絕望，如「感心」，例：「我做曷流汗，猶更互人嫌曷流涎，有夠感心啦（我這麼盡心盡力地做，還被人嫌，真令人傷心）！」

「怨感」是因為委屈而覺得悲傷、埋怨，例：「伊怨感家己真歹命，無通好好啊讀冊（他怨恨自己命運不好，無法好好讀書）。」

「感」讀【經四出】（chhek-4，痛也，憂也），但一般都讀為【嘉四出】（cheh-4）。

你也可以說「這種人看的足怤兮！」「怤」台語讀音【嘉五語】（ge-5）。通常，用「怤」都會帶上「加強語氣」，說成「怤㴷」。

此外，「刺鑿」、「鑿目」、也都用來表達「討厭」。

還有一個詞「憖生」，「憖」有「寧肯」、「損傷、殘缺」及「憂傷」等不同的意思。因為有「寧可、願」的意思，有人建議把它拿來當作「癮」。它讀做【巾七語】（gin-7），若取其「憂傷」的意思，是跟我們說的「怨恨在心」的「憖生」，是解釋得通的。

對於令人「忓漵」的人，他造口業是他的事，我們不需要因之生氣傷身，退一步海闊天空。

本文拼音參考。

漢字	十五音	白話字	台羅拼音	台語同音字
厭	甘四英	ap	ap	壓
	兼一英	iam	iam	閹
	兼三英	iàm	iàm	淹
懨	迦三英	ià	ià	--
感	經四出	chhek	tshik	測
	嘉四出	cheh	tsheh	冊
忓	嘉五語	gê	gê	牙
憖	巾七語	gīn	gīn	--

383

落眠

　　當年紀到某個程度，你可能會發現越來越容易因為一些小事「放未落心」而「睏未落眠」。

　　「落」，讀做【高八柳】（loh-8，上落下也）或【公八柳】（lok-8，隕也、人所聚曰村落、宮殿成祭曰落成，又落後），是個蠻常且好用的字。

　　「從高處往低處走動」可以用「落」，例如太陽下山叫「落山」，天空下雨叫「落雨」，甚至物價下降也用「落價」。

　　不只水平高度的下降，緯度的移動也可以是「落」，北京語說「北上南下」，台語說「上北落南」。所以陳世明老師說：「落下、落下，落與下是同義複詞」，許多北京語用「下」的詞在台語是用「落」，這句話還蠻有道理的，包括：「下貨（卸貨）」說「落貨」，例：「貨欲落佇佗位（貨要卸在哪裡）？」、「下筆」說「落筆」、「下功夫」說「落功夫」、「落苦心」，還有一個北京語說「施肥」，台語說「下肥」或「落肥」都可以。

　　還有幾個比較少用的，一個是「落數」，「記入帳簿」的意思，它與「落款」的「落」都有「寫下」的意思。「砍伐歧出的

樹枝」可以說「落樹椏」。

前面提到「人所聚曰村落」，此外，它可以當量詞，一宅之內成排的屋子一排叫「一落」，例：「前落後落」指的是房子的前排後排。

因為一些事「放未落心」而「睏未落眠」，前面的的「落」也是「下」，第二個「落」有「進入深度的狀況」的意思，在此指「睡熟」。

「落」另一個讀音【交三柳】（lau-3），當脫落、遺漏，例如：「物件落勾去（東西遺漏掉）。」或「伊的褲穿曷落落（他的褲子穿得都快掉下來了）。」

值得注意的是「漏」與「落」同音不同調，所以不要搞錯，「落水」是「放洗澡水」的「放水」[1]，「漏水」是屋頂有破洞的「漏水」。所以，講話嘴唇閉闔不完整咬字不清是「落風」，不是「漏風」，「腹瀉、拉肚子」是「落屎」，不是「漏屎」，「伊食歹腹肚，落曷足嚴重兮（他吃壞肚子，拉得很嚴重）。」

再補充三個用法，「設計、套話」也可以用「落」，例：「我想辦法落伊的話（我想辦法套他的話）。」

另一個是現在常用的，表示「炫耀語言能力」，例：「伊逐改偕我講話攏愛落英語（他每次和我說話都喜歡秀英語）。」

最後一個是「糾集自己的人馬前來協助」，通常用於聚眾爭鬥，例：「伊互人欺負，不甘願，就轉去落人來報冤」。

寫了這麼多「落」的用法，您應該會覺得睏了，不會「睏不落眠」，但如果不幸睡不好，千萬不要「落人」來修理我，最好是您學會了之後跟我「落台語」。

本文拼音參考。

漢字	十五音	白話字	台羅拼音	台語同音字
落	高八柳	lóh	lóh	絡
	公八柳	lo̍k	lo̍k	鹿
	交三柳	làu	làu	--
漏	交七柳	lāu	lāu	老

後記。

　　吳先生說看：「了文章才注意到落跟漏是不一樣的，印象中雖然會發不同的音但好像會把它想成同一個字，我想到還有一個以前常用的『落下頦』。」

註釋
1.　《彙音寶鑑》收錄的是「溿」

384
跙數

　　每個月都要繳很多帳單，頗為麻煩，既使電費、水費、電話費、瓦斯費都自動扣繳，還是有些得要轉帳，前幾天把停車費設定為自動扣繳，但是牌照稅、燃料稅、大廈管理費、公用電費，小孩的生活費等等還是免不了要轉帳。

　　有一次跟幾位同事去吃飯，本來我想請客，買了單，但是他們說不好意思，要把錢給我，問我有沒有Line Pay，我說我沒有，竟然沒有人相信。

　　時代不一樣了，現在出門幾乎都不需要帶錢包，有手機就好，所有付款、轉帳，都可以透過手機完成，不需要現金，非常方便。

　　或許是受到北京語的影響，我們現在已經都很習慣用「匯」、「匯錢」，例如：「我下晡會加錢匯入去你的口座（我下午會把錢匯進你的戶頭）。」通常台語稱「帳戶」會用「口座」，有興趣請參考《協厝邊頭尾話仙》冊129篇〈有些詞沒有台語〉。

　　「帳」的台語寫為「數」，讀做【嬌三時】（siau-3），「匯錢」、「轉帳」我們習慣說「轉數」、「轉錢」，也有人說

「過數」。我記得媽媽在農會信用部上班的時候會用「踅數」，「踅」本意是「轉動」，來回走動、繞行、盤旋或散步。「踅街」就是「逛街」或在街頭散步閒遊，例：「咱來去踅街，看有啥物通好買（我們去逛街，看看有些什麼可以買）。」所以，「逛夜市」不要再寫「迺夜市」。而因為「踅」有「轉」、「繞行」的意思「踅數」是合理的，當我們要說這筆錢幫你「匯」過去或「轉」過去，台語也可以用「踅」這個動詞。

轉錢也有說「批銀」或「寄銀」，用到「銀」這個字，就不禁讓人肅然起敬，因為我們已經不用「銀」很久了，以前問一個東西「多少錢」會說「幾箍銀」或簡稱「幾銀」，「幾銀」會說成「幾圓」。當銀子和銀元不再流通，「銀」被淡忘也是很正常的現象。

「寄銀」和「寄錢」比較多用於「存款」，也可以用在「匯款」，所以是把錢存在銀行或是把錢匯給別人要從句子中分辨清楚。反而「電送」相對少用於「存錢」。

小弟《消失中的台語》第四輯、第五集將陸續出版，如果有興趣的朋友也可以把錢「踅」過來給我，我會提供「電送」的「口座」，然後把書寄給您，現在「轉數」很方便，當然，我不是詐騙集團，請放心。

本文拼音參考。

漢字	十五音	白話字	台羅拼音	台語同音字
數	嬌三時	siàu	siàu	帳、肖
	沽三時	sò	sòo	素、訴
	公四時	sok	sok	速

385
鮮赤

老家村子雖然不靠海，但是離海很近，附近有很多魚塭，因此從小就吃很多養殖的魚，特別是虱目魚和吳郭魚，牠們便宜也是我最喜歡的魚。爸媽都認為家鄉靠海，漁產最豐，天真的以為台北都吃不到新鮮的魚貨，所以每次回去，餐桌上大概都會有三種海鮮料理，媽媽也都會說：「趁鮮赤鮮赤，緊食。」

最近在網路上看到有人討論這個詞，但是寫成「鮮沢」。

這也是教育部《台灣閩南語常用辭典》的建議用字，「鮮沢」指魚肉菜等食物新鮮有光澤的樣子，例：「魚港賣个魚較鮮沢（魚港賣的魚較新鮮）。」或是形容人打扮入時、光鮮亮麗，例：「伊不管時都穿曷真鮮沢（不論何時他都打扮得很時髦、亮麗）。」異用字是「鮮尺」。

很明顯的，教育部又用錯字了。「沢」是日文漢字，同「澤」，台語讀做【經八地】（tek-8，水聚也，又闊也、液也、滑也、恩澤），我不知道教育部為什麼要用一個日文漢字。

很有趣的是教育部說異用字是「鮮尺」，這表示教育部知道這個詞讀做【茄四出】（chhioh-4）的音。我們循著【茄四出】（chhioh-4）的讀音，在《彙音寶鑑》找到「赤」字，有理由相

信「鮮赤」是「鮮沢」或「鮮尺」的正確寫法。

　　「赤」可以讀【迦四出】（chhioh-4），而用在「赤肉」的「赤」可以讀做【茄四出】（chhiah-4），是相對於「白肉（肥肉）」的「瘦肉」，或一般稱為「精肉」。希望教育部能真心接受一個字有多音多義的事實，不要總是找個字來充數，現在居然還用到日文漢字。

　　「鮮赤」還有一個特別的用法，我們先談「金鑠鑠」。「金鑠鑠」是形容物體的顏色閃閃發亮，例如：「伊掛彼粒錶仔金鑠鑠（他戴那隻手錶金光閃閃）。」另外，它也可以用來引申形容「被責罵、修理得慘兮兮的樣子」，例：「頭家急欲愛的報表，你不緊做出來，時到你會互伊撲曷金鑠鑠（老闆急著要的報表，你不快做好，到時候你會被他修理得慘兮兮）。」

　　這裡的「金爍爍」就可以用「鮮赤鮮赤」來替代，例：「這場比賽實力差足贅，對方會互伊電曷鮮赤鮮赤（這場比賽實力相當懸殊，對方會被他修理的慘不忍睹）。」以前大人對不乖的小孩也會恐嚇道：「你若不乖乖啊做，我就電互你鮮赤鮮赤（你如果不乖乖地做，我就會好好修理你）。」

　　教育部《台灣閩南語常用辭典》提供了很多學習台語的參考，我們很多例句也都是引用教育路字典的句子，但是，它實在也存在太多莫名其妙的錯誤，如果提出來討論，教育部大概會被電到「鮮赤鮮赤」！

本文拼音參考

漢字	十五音	白話字	台羅拼音	台語同音字
鮮	梔一出	chhi^n	tshinn	蘇
	堅二時	sián	sián	癬
	堅一時	sian	sian	仙
尺	茄四出	chhioh	tshioh	赤
澤	經八地	tėk	tik	迪
赤	迦四出	chhiah	tshiah	刺
	茄四出	chhioh	tshioh	尺

後記

王小姐回應：「細漢定定予父母修理甲足鮮赤！」

時代不一樣了，「今也个囝仔較未互序大人修理曷鮮赤鮮赤」，在學校也不會被老師體罰，學校也會教孩子在家被體罰要打「113保護專線」。但是不體罰真的比較好嗎？我覺得有討論空間。

386

二櫤

看汽車規格表的時候要小心，魔鬼藏在細節中。以往的油車會看馬力，但是德制（DIN）馬力跟日式制（JIS）馬力不同，在現今電動車的時代，續航里程NEDC、WLTP還是US EPA三種規範也不同。甚至連看方向盤都有貓膩，所謂的「皮質方向盤」基本上是PU材質，「真皮方向盤」才是真皮；而「真皮」有可能是「頭層皮」，也有可能是「二層皮」。

人的皮膚分為表皮、真皮、皮下組織，表皮又分角質層、顆粒層、有棘層、基底層，我們不生剝人皮，所以也不會去注意皮膚組織，但是您可能會買皮件，不管是皮衣、皮帶或皮包，都要注意用的是什麼皮。

頭層皮包含表皮、銀面層及些微網狀組織，兼具了天然表皮的粒面層的厚度，以及纖維細密的銀面層的優點，無論是在彈性、透氣度或親膚觸感皆優於二層皮，為皮革運用中最理想首選，常用於高級皮件。

二層皮由剩下的網狀組織所組成，雖然二層皮沒有頭層皮的表面紋理來得優秀，不過可以透過精湛的打磨、噴漆、樹指覆蓋或貼膜等加工工藝創造出更豐富的質感，且經過加厚處理增加強

度便可正常使用，加上性價比高，可運用的範圍相當廣泛，常用於鞋子、皮帶及家具。（以上摘自S'AIME牛皮皮革小教室）

二層皮，台語稱為「二楋」，豬和牛的二層皮叫二楋，植物或植物的果實表皮下層也叫二楋，柚子可能是最容易清楚解釋二楋的水果。

柚子黃綠的外皮下有一層白色厚厚的軟皮，就是「二楋」，依此類推，橘子、香蕉，外表皮下白色的部分都叫「二楋」。「楋」，【煇五柳】（Ing-5）。大部分的「二楋」我們都不吃，比較特別的是茄苳。

茄苳是很好的行道樹或庭園樹，能抗風、抗污染，也容易栽培；它的木材堅硬、耐用，可作建築、枕木、農具用途；根、皮、葉皆可作藥用，果實成熟時，是重要鳥類食餌，也可醃漬食用；樹皮、根和果實味苦微甘，有小毒，但能清熱解毒、化痰止咳、消積避惡，也可以外用治療癩疝、瘡瘍、無名腫毒，效用不少。茄苳樹葉還用來泡茶或做料理，可將新鮮葉片塞入全雞雞腹中燉煮或窯烤以增加風味，「茄苳蒜頭雞」就是道廣受好評的料理。

「茄苳二楋」也是有名的藥膳，常聽人說「烹茄苳二楋」對胃有很好的保養功效。「烹」，台語讀做【經一顏】（pheng-1，煮也），不過「烹」和「煮」不一樣，「煮」加水，但「烹」不加水。

常說「一隻牛剝雙層皮」，事實上牛皮的邊角碎料加上革廢料，覆蓋一層天然樹脂可加工製成合成皮，又稱為「複合牛皮」，所以，說一隻牛三層皮也是剛好而已。

本文拼音參考。

漢字	十五音	白話字	台羅拼音	台語同音字
榔	褌五柳	lîng	nîng	郎
烹	經一頗	pheng	phing	娉

387
葭蓆

　　2022年鏡周刊有一篇報導—畢業神曲〈風箏〉驚喜復刻，感動十二萬人，原班人馬十年後重聚掀回憶殺：

　　「2012年，全台十五所高中學生聚在一起，打造出許多人心目中的畢業神曲〈風箏〉，在當時紅遍全台，不但出版專輯，這群熱血高中生更站上台北101跨年舞台，更開啟台灣高中生自製畢業歌的風潮。十年後這群高中生從當年的制服換上西裝，並復刻這首經典神曲，MV上線二天就吸引十二萬人次瀏覽，讓網友紛紛陷入回憶殺，希望下個十年還能聽到他們的聲音。」

　　「風箏」，亦稱「紙鷂」、「鷂子」、「紙鳶」，古代稱之為「鷂」，北方謂之「鳶」。風箏能夠藉助風力在空中漂浮，被用於軍事、氣象、娛樂等多方面。晚唐，人們在紙鳶上加哨子，其鳴如箏如琴，故稱「風箏」或「風琴」，閩南語稱「風吹」。

　　現在到海邊或寬闊的公園，常會看到有人放風箏，它們五彩繽紛，造型多變，也有所謂的特技風箏，可以「飛天鑽地」，跟我們小時候玩的有天壤之別。小時候的玩具大都是自己動手做，風箏也不例外，一張報紙或日曆紙、兩條「竹篾仔」，一綑細線，剪剪貼貼就可以完成獨一無二的自製風箏。

「竹篾」是竹子剖成的細薄片，《玉篇》〈竹部〉：「篾，竹皮也。」用蘆葦或藤類等的莖劈成的細長薄片也稱為「篾」；《西遊記》第二三回：「四片黃藤篾，長短八條繩。」《書經》〈顧命〉：「牖間南嚮，敷重篾席。」唐朝唐彥謙〈蟹〉詩：「扳罾拖網取賽多，篾簍挑將水邊貨。」「篾」，【居八門】（bih-8）。

小時候外婆的床上會鋪「竹蓆」，我們稱「篾蓆」，應該就是上面所說的「篾席」。「篾蓆」取的竹篾跟做竹籃的不一樣，它比較厚，而且會把竹子的「二楋」裁比較短一些，再編成一片，有竹子青皮那一邊睡起來清涼舒適，不用時還可以捲起來。在過去竹子是很重要的生活用品製作原料，現在的孩子不再拿它來製作風箏，可能也不知道「竹篾」是什麼，大概就會說「竹片」吧，呵呵。

真替〈風箏〉裡這群年輕人感到高興，他們趁著年輕做了些不一樣、會讓自己懷念一輩子的事；前一陣子有位同事在臉書上貼出一件己卯年「梅竹賽」紀念T恤照片，算算已過二十年了，從未穿過，還有些發霉，他洗一洗穿上，並說他穿的是「青春」，可見他是多麼懷念當時的交大與清華的梅竹賽。我跟他說1987年梅竹賽已停賽三年，那一年我們復辦成功丁卯梅竹賽，讓他直稱：「學長了不起！」

其實，人生在不同階段都有許多事可以做，這個階段，我寫書、紀念母親、保留母語，我相信會是將來令我懷念的事。

本文拼音參考。

漢字	十五音	白話字	台羅拼音	台語同音字
篾	居八門	bih	bih	--
	堅八門	biát	biát	滅

388
厝角鳥

　　星期天看完一個書法展，搭捷運遊蕩，吃到飽定期票坐再久也不用多花錢；捷運在市區路段都在地下，完全沒有風景可看，坐久也蠻無聊，於是我在忠孝復興站下車，晃到齊東街，再從齊東街一路走到中正紀念堂。齊東街有一群日式宿舍，日治時期稱為幸町職務官舍群，目前為台北市市定古蹟，有的成為書法學會的活動場所，有的在推展古琴，還有一棟原來是綽號王老虎的故空軍一級上將王叔銘故居，現在是「齊東詩社」，它有展覽、跨界展演、作家駐村與各項活動，目的在交流、碰撞出台灣文學的火花。

　　我小時候也是住日式宿舍，因此到這兒感覺特別親切，不論是台階、窗台、拉門、黑瓦、雨淋板、編竹夾泥牆、外廊、雨戶（日語稱あまど）、戶袋、天袋、地袋、貓間，都會引我「思古之幽情」。

　　這樣的高階官舍當然比我小時候的家要豪華，但是我總覺得少了什麼，對，麻雀，我小時候的家天上到處都是麻雀，吱吱喳喳。

　　「麻雀」在台語是指「麻將」，一張一張的麻將牌叫「麻雀

子仔」。而麻雀鳥的台語要說「厝角鳥」或「厝角鳥仔」、「粟鳥仔」、「雀鳥仔」。

小時候麻雀很多，可憐的牠們常常是小朋友殘害的對象。頑皮的小朋友會拿彈弓打麻雀，彈弓的台語叫「鳥擗仔」，理論上彈弓應該不只是打鳥用，但它會被叫為「鳥擗仔」，可見鳥兒被霸凌的多兇！

麻雀的反應靈敏，小朋友常打不著，可憐的白頭翁成了替死鬼。白頭翁的台語一般寫成「白頭鵠仔」，可是我覺得有點奇怪，第一，「鵠」的國語是「ㄏㄨˊ」，台語是【公八語】（gok-8），鵠是一種大鳥，但白頭翁並不大。此外，白頭翁是後腦杓白色，後腦杓台語叫「後擴」或「後頭擴」，或許應該是「白頭擴仔」比較適合，教育部說異用字是「白頭殼仔」。不過，奇怪的是一般不是叫牠beh-thao-khok-a，而是beh-thao-khiat-a。

還有一種命運更慘的—伯勞鳥。它們在秋天會飛過墾丁到菲律賓過冬，許多人會利用伯勞鳥喜歡停在突出的樹枝或竹枝上的習性，將樹枝削成Y字形加上扣環作成叫作「鳥仔踏」的陷阱，伯勞鳥停在上面便被夾住懸掛空中，捕捉之後，被烤成「鳥仔巴」。這樣過度捕捉烤食的結果，造成伯勞鳥瀕臨絕種，現已禁止捕捉。

另有兩種現仍常見但有些人分不太清楚的鳥類：鴿子和斑鳩。鴿子的台語俗稱是「紅腳」或「粉鳥」，原因是牠的腳是紅色的，它身上羽毛有磷粉，捉了牠手上會留有粉。「鴿」音【甘四求】（kap-4），用於稱呼鴿舍、鴿籠。斑鳩身形比鴿子小一

些，牠是野生不受馴服的。雖然我們都叫牠「斑甲」，但是應該是叫「斑鴿」。

走到中正紀念堂，聽到很大的咕咕聲。清潔人員說那是夜鷺，夜鷺的台語是「暗光鳥」，「暗光鳥」不是貓頭鷹的台語，千萬別誤會，貓頭鷹叫「貓頭鳥」。

本文拼音參考

漢字	十五音	白話字	台羅拼音	台語同音字
擗	經四頗	phek	phiȧk	闢
鴣	公八語	gȯk	khȯk	軶
擴	公四去	khoh	khok	廓
鴿	甘四求	kap	kah	合、佮

後記

朋友跟我說貓頭鷹的台語說法應該有超過十個以上，如果追求的是中文翻譯，那北京語「貓頭鷹」就不應該是「貓頭鳥」。另外，古詩《鴟鴞》：「鴟鴞鴟鴞，既取我子，無毀我室。恩斯勤斯，鬻子之閔斯。」惡鳥鴟鴞就是貓頭鷹。

我也聽說有人是叫貓頭鷹為「姑嫂鳥」或「暗光鳥」的說法。呵呵，說真的，不稱貓頭鷹為「鷹」，而稱牠為「鳥」是有點對牠不敬，因為牠是「鴞形目」的「鴟鴞科」或「草鴞科」。貓頭鳥是一般習慣的稱呼，在這裡，我會尊重約定俗成的原則。

389
同沿

連續兩個星期開同學會，上星期是高中同學會，在埔里中台禪寺，為的是去拜訪高中同學見允法師。這星期是大學畢業三十五年的同學會，邀請大學時期系主任毛治國老師、吳壽山老師，以及現任系主任一起餐敘，然後續攤到退休轉行開火車模型咖啡廳兼當教授同學店裡聊天。

人們喜歡用「相同」的事物拉近關係，「同姓」是同祖先，五百年前是一家，「同鄉」很有親切感，同樣是北漂到台北，即使一個是高雄一個是台南，也都會有「同鄉」的感覺。當過兵的人喜歡遇到「同梯」，就連在一般公司，「同梯」也會有一種特別的「革命情感」，這應該是馬斯洛需求層次理論提到「歸屬感與愛」的反應。

從小經過幼稚園、國小、國中、高中到大學，一、二十年一定累積了很多「同學」關係，「同學」也是台語的慣用語，但是講台語用「同窗」會比較道地，像是「同學會」台語就會說「同窗會」，而非「同學會」。進入職場後就開始建立「同事」關係。

如果年齡差異不大，又沒有特殊的關係，我們可以約略

用「同沿」來稱呼，例如大家習慣的：四年級、五年級、六年級，或所謂九零後、Z世代，它是指「同輩」、「同儕」、「平輩」，是同年齡層的意思，例：「咱兩个人差無幾歲，算起來是同沿的（咱們兩個人相差沒幾歲，算起來是同輩）。」「同沿」也用在「同輩份」，例：「雖然我偕恁阿爸平歲，不過論輩無論歲，咱算同沿个，叫我阿兄就好（雖然我和你爸爸同年齡，但是論輩份不論年紀，咱們算同輩，叫我哥哥就好）。」上下輩間的關係，我們用「頂下沿」稱呼。

「同沿」也可以用「同勻」稱呼。「勻」指「字勻」，一般來說是指宗族內子孫的輩份排行，一般以詩文形式編成其字輩，同輩子孫取該詩文中的同一字作為其名的前字，下一輩則取詩文的下一字，依序而下，例：「個家族的查埔囡仔有照字勻號名，查某囡仔無（他們家族的男孩子照輩份取名，女孩子沒有）。」它也就是北京語所說的「某字輩」。

「水」是一個算特別的「計算動植物繁殖或收穫次數的單位」，例如：「頭水豬仔」是指成熟母豬所生的第一胎小豬，所以，同胎小豬也稱為「同水」。

最後，「仝」字是「同」的古字，都讀做【公五地】（tong-5），因此「同沿」、「同輩」、「同勻」寫為「仝沿」、「仝輩」、「仝勻」都可以。

本文拼音參考。

漢字	十五音	白話字	台羅拼音	台語同音字
仝	公五地	tông	tông	同
沿	堅五英	iân	iân	延
勻	君五英	ûn	ûn	澐
	巾五英	în	în	寅

後記。

　　王小姐補充說：「作物收成也可以用水喔～～」

　　是的，謝謝。

390
辮圓尾仔

　　下午去剪100元的快速理髮，理髮師問我要怎麼剪，我說兩邊推上去，上面修短，兩邊打薄。她又問要剪多短，三分？五分？讓我突然愣了一下，我隨便給了一個我自己也不確定的答案。

　　說真的，我並不太在意髮型，國中、高中都是平頭，還好可以不用理「玻璃頭」，「玻璃頭」接近光頭，但稍稍有一點長度，不會讓頭皮閃閃發光，我的頭型不好，理光頭超醜，需要多一點頭髮掩飾，還好，我還有頭髮。

　　一般男生頭髮都較短，變化也比較少，有的傳統理髮店會寫出：平頭、小平頭、分平頭、方平頭、西裝頭／海結仔（七三分）、飛機頭、歐魯巴庫（オールバック，all back）等式樣。平常我們稱「西裝頭」為「海結仔」，發音是來自日語「ハイカラ」，意思是「時髦的」，也就是梳平的三七分髮型。

　　女生的髮型就很多變，短髮、短捲髮、中長髮、中長捲髮，一路到長髮造型，可以表現出不同的氣質和個性。

　　「捲」，台語說「赳」，【ㄐ五去】（khiu-5，足不伸也），是在形容「捲不捲」，而捲的形狀大小卻是用「大捲」、

「細捲」來形容。

頭髮長的女生有時會把頭髮盤起來，或是綁馬尾，許多小女生也會辮辮子。「綁馬尾」台語有人稱為「縛頭鬃尾」或稱「毛尾仔」。也有人把「頭鬃尾」當作是「辮子」，例如「掠頭鬃尾」。不過我們那裡對「辮子」的稱呼不太一樣，叫做「圓尾仔」，動詞可以用「縛」或「辮」。「辮」，【梔七邊】（piⁿ-7，交也，如辮索）。

台語稱髮髻、束髮、丸子頭、包包頭等為「頭鬃仔螺」，因為需要把頭髮捲起來，用「螺」來形容是蠻貼切的。古代的髮髻形狀多變，每個朝代，不同文化都不一樣，在古裝劇裡可以發現秦朝以高、大、端莊為主，而隋唐時期不但髮型千變萬化，髮飾更是華麗繁複。到了宋代，因為講究禮數，服飾與髮型有身分等級的區別，然而因為國家窮，人民也不可以太奢華；但是女人愛美天性，讓她們在小創意上有許多發展的空間，也使得髮型更加多姿。現代人應該沒那麼多時間搞這玩意，多半是用髮夾、髮簪或束帶簡單快速地固定。小時候看我祖母用網子將頭髮套起包束成髮髻，有些人頭髮長或多一點，髮髻就會比較大，叫「大頭鬃」，於是「大頭鬃」也被拿來當作「內人」的代名詞。

近幾年年輕人的髮型越來越有型，不但在顏色、形狀上變化多端，還有很多以剃刀刮出個性化紋路，不過這不是我這年紀適合的，我也沒有勇氣去嘗試。如果有一天你看到我留長頭髮，還「辮圓尾仔」，那我可能是瘋了。

本文拼音參考 ◦

漢字	十五音	白話字	台羅拼音	台語同音字
𠞰	ㄐ五去	khiû	khiû	--
辮	梔七邊	pī^n	pīnn	--

後記 ◦

　　陳小姐說：「阮遮（台南）講thâu-mng pī^n khí-lâi（頭毛辮起來），Chang一支毛尾仔（華文：綁一支馬尾）😊。」

　　呵呵，我也是台南人呀……

391

刁工

一直想要抄寫〈般若波羅蜜多心經〉。

我選了深藍色的宣紙、金色墨汁，幾周前的假日，花了整個下午的時間，靜心誠意恭敬完成。很久沒寫楷書，連寫三張，自己覺得有點兒字不成體，除了我顏體的底子，混了部分褚體和歐體的筆意，還有一些帶有張猛龍的味道。

完成後拍了照片分享在我們村子藝文同好的Line群組，庚寅先生回覆說他想用一張單筆單墨的山水畫跟我交換，二姊也想要一張。

前天回家，把字帶回去，跟庚寅先生聯絡，他帶了他裱好的山水，專程來我家。通常，指「特地、專程」，我們會說「專工」，例：「這領衫是伊專工為你做个（這件衣服是他特地為你做的）。」

專程，也可以用「撥工」，它可以當「抽空」用，調動原已安排妥當的時間或行程，例：「多謝你撥工來參加我的婚禮（多謝你撥冗來參加我的婚禮）。」也可以當作是一種客氣的刻意為之，解釋為專程的意思，例：「我是撥工來看你个（我是特地來看你的）。」我相信大忙人庚寅先生一定是「專工」、「撥工」

來家裡的。

「刁工」也可當「專程、特地」來用，例如：「我刁工來看你（我專程來看你）。」不過，「刁工」這說法有時帶點兒負面的故意的味道，例如：「你愈講，伊愈刁工（你越說，他越是故意和你唱反調）。」這樣的「刁工」也可以說成「刁持」（例：「伊是刁持欲偕我做對ㄅ（他是故意要和我作對的）。」）、「刁故意」（例：「伊刁故意欲講互你受氣（他故意這麼說要惹你生氣）。」）或「存心」（例：「伊存心欲互你歹看（他故意要給你難看）。」

庚寅先生剛走、二姊打電話說她無法回來，我跟她說有空再回來拿，不用「專工」跑一趟，反正不急，倒是她拿回去裱褙後，如果有一天我要辦書法個展，得借我一下。

隔日，是母親的忌日。其實，這也是我發心寫〈般若波羅蜜多心經〉的主要原因。

祭拜儀式結束，燒完紙錢，家人離去後，我恭敬地將第三張心經放入氤氳金爐中，爐中將熄的餘火復燃，橘色的火焰緩緩朝金色的經文流去，漸漸轉為一種特殊的青綠，漫布在手抄心經上，慢慢地經文化為灰燼，揚起裊裊輕煙。

媽媽，笑著，微微歪著頭，跟我說：「你那會這撥工！」

本文拼音參考。

漢字	十五音	羅馬音	台羅拼音	台語同音字
刁	嬌一地	tiau	tiau	雕
	嬌一他	thiau	thiau	挑

後記 ◦ ─────────────────────

　　吳先生回應：「自己在跟家人講話時『專工』好像幾乎沒有用過，『刁工』是常用的，因為過去惹人生氣或是鬥嘴的時候常常使用，『撥工』不常用但可以聽得懂，還有想到一個類似也很常用在形容花時間的『搞工』」😄

　　基本上這些詞都還算常用，而吳先生提到的「搞工」應該是寫為「厚工」，「厚」有「多」的意思，例如「厚屎尿」，也可以參考《阿娘講的話》冊013篇〈厚屎厚尿〉。

392

摛

台北地院審理蔡英文「論文門」案，2022年11月30日下午，更一審開庭三小時後，法官張詠惠諭知全案辯論終結，彭文正委任律師張靜聽了當場大怒，坐在律師席上連續拍桌八次，大罵「混蛋」、「沒看過這麼混蛋的法官」等語，庭外受訪時，又罵了好幾次法官「混蛋」、「無恥」、「不要臉」，被北檢提起公訴。北院認為張靜當天舉動已違反《律師倫理規範》，另函請相關律師公會處理。張靜氣得把傳票撕毀，並回應：「求仁得仁，我的言論自由，就事評論法官是混蛋，所以要送懲戒就送吧！」

「撕」，台語讀【龜一時】（su-1）或【嘉一時】（se-1），手撕物或曰裂物，雖然意思相符，但是台語並不這樣說，台語會用「剺」或「拆」。

「剺」，【居三柳】（li-3），雖然解釋是「割也」，但是並不一定是刀子，每天「撕」一張日曆，就是「剺」這個動作。

「拆」，讀為【迦四他】（thiah-4，拆開也）或【經四他】（thek-4，開也，擊也），「拆批」是「拆信」，「拆破冊」是「撕破書本」，「拆厝」是「拆房子」；小時候看布袋戲，比武

戰鬥之前，壞人喜歡說要將對方「拆食落腹」，就是這個字；但「拆藥仔」和「拆票」的「拆」是「買」的意思。

有一個跟「拆」近似的字——「摛」，讀做【居二他】（thi-2），舒展、鋪敘、或傳播的意思。用在「拆開」的時候，前者較具破壞或傷害性，但是後者沒有，所以才說「舒展」。唐許敬宗〈唐并州都督鄂國公尉遲恭碑〉：「鳳羽摛姿，龍媒騁逸。」把雨傘打開，也可以叫「摛開」，還有像張開摺扇、草蓆、棉被、卷軸等等一些摺疊好的物品，都可以用「摛」。

不過「摛」這個字在《彙音寶鑑》標為【居五柳】（li-5），和我們平常讀音不同。

「拆」一件捆包的物品，若是要解繩子，則用「敁」，這字在本冊316篇〈消敁〉已說明，不再贅述。

還有一種狀況，物件被包裝或是遮蔽，在沒有完全打開的狀況之下，讓物件露出可見，有一個詞較做「覸」，讀做【堅二頗】（phian-2），說真的，「覸」是怎樣的動作並不太容易解釋，為了讓您瞭解，我就用最直白的方式來解釋：有個小男生穿著小短褲要尿尿，您幫他把小弟弟掏出來，這個動作就叫「覸」。

本文拼音參考

漢字	十五音	羅馬音	台羅拼音	台語同音字
撕	龜一時	su	su	輸、思
	嘉一時	se	se	沙、梳
拆	迦四他	thiah	thiah	--
	經四他	thek	thik	斥、畜

漢字	十五音	羅馬音	台羅拼音	台語同音字
擿	居二他	thí	thí	恥
覑	堅二頗	phián	phián	--

393
腳抸

　　吃過晚餐，兒子說要買一雙防水鞋，他說接下來是雨季，出門鞋襪淋溼了很麻煩、很討厭。防水鞋為了防水效果更好，大部分都是高筒鞋。我想起我有一雙平底高筒布鞋，因為有一點太緊，只穿過一次，兒子的腳長比我的稍小一點點，或許剛好合穿，就順便問他要不要。

　　腳掌、腳丫子，台語稱為「腳抸」，例：「我腳抸比人較大，真歹買鞋仔（我腳丫子比人家大，很難買鞋子）。」通常「腳抸」大小和身高會有一點正相關，「腳抸」大，很可能身高也會比較高。另外：「警方根據現場的腳抸號，才掠著犯人（警方根據現場的腳印，才抓到犯人）。」這裡的「腳抸」是「腳抸號」，腳印的意思。

　　「抸」，這個字在《說文》中未收錄，在《集韻》收錄於模韻與莫韻，意思是「收亂草」或「收斂也」，在《彙音寶鑑》中標示【沽五頗】（pho-5）與【沽五邊】（po-5），「收斂」或「張也」。

　　「腳抸」跟「張開」似乎沒甚麼關係，但是「手抸」就有。

　　把手掌打開，五隻手指往外撐開，大拇指指尖到小指指尖

的距離為「一掠」，每個人一「掠」的大小是他「手捗」的大小。「掠」平常可以用來當作簡便的測量工具，可以算是一種量詞。在沒有量尺的時候，我們會用手丈量，說：「這個桌子寬五掠。」小時候常會有小朋友互相比較「一掠」的大小，有些人無名指比較長，小指較短，所以就賴皮用大拇指指尖到無名指指尖的距離為「一掠」。

「掠」，一般是讀【迦八柳】（liah-8）的音，它的用法很多，「掠魚」是捉魚、捕魚；「量其大約小掠一个」是「約略估計」；「肩胛頭加我掠一下」是指「按摩」；「掠直」是「對齊」；「掠準」使「以為」。

在《彙音寶鑑》中，它是收錄在【姜八柳】（liak-8），意思是「抄掠劫人財物」，但我們說「去市場掠一隻雞」，或「掠一隻豬轉來飼」的「掠」是「買」。而【迦八柳】（liah-8）的音它收錄的是「拿」、「捉」」等字。不過，要注意這是《彙音寶鑑》最具爭議性的地方是很多學者認為它把用了太多借用字，不一定完全正確。

「腳捗」的大小則是腳尖到腳跟的長度，腳趾打開也沒特別的功能（好像有人根本打不開），我也想不出來平常會有什麼時候需要把腳趾打開，大概就只有洗澡和剪腳趾甲的時候吧。

問「腳捗」的大小通常是問鞋子穿幾號，有一種有趣的反問法：「你知道我鞋子穿幾號的嗎？」呵呵，這個意思是「我想踢你一腳」，我踹你一腳，你就會知道我的腳有多大！

本文拼音參考。

漢字	十五音	羅馬音	台羅拼音	台語同音字
挬	沽五頗	phô	phôo	菩
	沽五邊	pô	pôo	蒲、葡
掠	姜八柳	liȧk	liȯh	略
	迦八柳	liȧh	liȧh	--

後記。

　　杜先生回應：「記得我小漢阿母是共人車衫，我的長褲攏愛買較長矣，伊會幫我共褲跤量好長度，然後會用「粉土」做記號，捌聽伊講叫做挬「一挬」，最後車起來，等以後我若抽懸，會搝共褲跤放予長，我阿母過往已經一年外，多謝作者講到這个字，予我想起我小漢的時，攏想起我的阿母。」

　　完全了解杜先生的心情，我寫《消失中的台語》是在我母親離開之後，希望能記錄「阿娘講的話」。此外，我母親也曾做洋裁，「粉土」、「曲尺」我也都好熟悉。不過，做衣服「反摺」叫「挬裒」，把「裒」縫起來叫「縫裒」，「裒」與「挬」同為【沽五邊】（pô）的音，請參考《阿娘講的話》冊035篇〈穿咧紩，穿咧縫〉。

394
橫洋

　　《千金譜》，又名《居家必備千金譜》，是以前流傳於台灣的啟蒙書籍，內容多為與日常生活相關事物，做為識字基礎與家庭教育的教材。

　　連雅堂在《雅言》說：「貧家子弟無力讀書，為人學徒，以數錢買《千金譜》一本，就店中長輩而讀之，可識千餘字。是書為泉人士所撰，中有方言，又列貨物之名，為將來記帳之用。若聰穎者可再讀他書及簡明尺牘並學珠算，不三四年可以略通文法，而書算皆能矣。」

　　文章一開始是「字是隨身寶，財是國家珍，一字值千金，千金難買聖賢心。」這些句子還蠻容易懂的，繼續往下讀還有很多豐富的內容，我們約略看一下。

　　有些是詞彙的解釋，例如「日出而作，日入而息，不識不知，舜帝之則。后稷教民稼穡，也著種，也著播，耕作著認路，田園著照顧，也卜食，也卜租，毋通拋荒成草埔。破桶著箍，破鼎著補，莫嫖莫賭，勤儉有補所。」其中「耕作著認路」的「認路」是「識本份」，而「勤儉有補所」可解釋為「有所補」，有效果的意思。

有些是一些現在少見的名詞，例如「早仔粟代先收，員粒、埔占共清油。烏占、白殼軟兼滑，芒花、青稞、鵝卵秫，荳、麻、麥、黍各件出，荳芽、荳菜皆著鬱。」其中「員粒、埔占、清油、烏占、白殼，芒花、青稞、鵝卵秫，荳、麻、麥、黍」都是不同種的穀類。

　　還可以看到當時聚落生活與守望相助的型態：「井內無水著來淘，水內有魚著下笱，會庄掠賊著拍鑼，壯丁著盡出，竹篙鬥菜刀、籐牌、鳥銃、鉤鐮、撻刀、弓箭、鐵耙、柴槌、干戈。家內飼豬著豬槽，涪著多，潘著濁；新豬母、老豬哥；豬胚照路行，豬囝濫糝趖，赤牛哥，水牛母，羊母羊囝滿山趖；鳥、鴨、雞、鵝；閹雞趁鳳飛，雞囝綴雞母。」現在常用的俗諺「竹篙鬥菜刀」、「閹雞趁鳳飛，雞囝綴雞母」或許是從此文而來。

　　還有「大厝九包五，三落百二門，糖間兼粟倉，大礐兼花園；池台水閣，塗樓兼石坊；三餐五味，四撇[1]一碗湯；玳瑁貓，守粟倉，金獅狗，守後門；田園千萬甲，公館百二庄，奴才掃地煎茶湯；查某簡挩腰骨，拌眠床。一妻一妾爻（賢）閣嬌，就勸丈夫做生理，造起橫洋十三隻，當店兼油車，郊行鬥夥計；上天津、廣東、蘇州買湖絲。」「大厝九包五，三落百二門」跟中國式建築有關，「九」是「九間起」的三合院，「包五」是中間「包著五間起」的三合院，宏偉的大宅，進門三落，有一百二十的門窗。

　　起造「橫洋」十三隻，「橫洋」是「能橫渡海洋的大船隻」，「郊行」是類似現在商業同業行會，稱之為「郊」，或稱「行郊」、「郊行」[2]。「油車」是榨油的設備或廠所。這些名

詞與現在用法有差異，所以現在的人讀起來會稍有障礙。

　　《千金譜》重點不在講述教忠教孝的道理，而在於實用的對日常用品名字的認識，這個我們可以從它後段提到許多與日常生活有密切關係的事物或器具名稱看出來。

　　儘管書中有些用字值得商榷，但是從語言演進研究的觀點來看，確實有其存在的價值。我們學到了「橫洋」是「大船」，我們從「古早」，唸到「今也」。

註釋

1. 　請參考本冊397篇〈砲仔〉。
2. 　請參考《講一句較無輸贏的》冊226篇〈郊關〉。

395
放雕

放
雕

國民黨在推出侯友宜為2024年總統候選人之後不久，侯的民調條地掉到三位主要參選人中的第三，不要說追不上民進黨賴清德，連與民眾黨的柯文哲都差一截，以致國民黨內部有「換侯」的聲音。為此侯的操盤手金溥聰講了重話，也批評所謂「非綠執政大聯盟」的說法。近日又因為郭台銘動作頻頻，似乎有參選的可能，有部分國民黨的地方政治人物與之同台造勢，說要下架民進黨，也要下架國民黨，讓企業家來執政，讓一些國民黨人士「揚言」要開除他們黨籍。

對於「揚言威脅或給對方製造麻煩」，台語常說「放刁」，例如：「伊放刁欲互你歹過日（他放話要讓你日子難過）。」「刁」，【嬌一地】（tiau-1），台語解釋為「軍中飯器」，北京語的解釋是「嘴裡銜著」，同「叼」。清朝文康所著《兒女英雄傳》第四回：「可巧見他刁著一根小煙袋兒，交叉著手，靠著窗臺兒，在那裡歇腿兒呢！」另一種解釋是「狡猾、狡詐」，如：「刁蠻」、「大膽刁民」，《文明小史》第三九回：「諸城的百姓也實在刁的很。」

雖然「放刁」也是教育部《台灣閩南語常用辭典》的建議用

字，但是「放刁」如何與「揚言威脅或給對方製造麻煩」扯上關係就沒有頭緒了。因此我們參考了一種說法：「在閩南語裡，和人發生糾紛，揚言將對對方不利，叫做『放雕』。清翟灝通俗編禽魚放雕：『放雕』，（宋）《朱子大全集》多見之，猶言『使乖』也，今俗做刁字，非。」在日本汲古書院《明清俗語辭書及程續編》第五輯：「放雕，俗語詰人私者，謂之放雕。」從以上文字看，「放刁」可能應寫作「放雕」，然而，以前「放雕」的用法與現在可能也不同。

我們現在常用的「嗆」，台語說「唱聲」，意思是「以言語大聲威嚇、撂狠話，表示警告與不滿，並帶有挑釁意味，例如：「你家己做不對更敢來唱聲，我無咧驚你（你自己做錯事還敢來威嚇挑釁，我不會怕你）。」

話說回來，既然在清朝人們就已經把「放雕」寫成「放刁」，我們就不太需要與教育部計較太多，不需要對它「放雕」。只不過有件事要補充一下，免得您跟我「唱聲」：「雕」與「刁」同音（【嬌一地】（tiau-1）），而我們在說「放雕」這個詞，講的是【嬌七地】（tiau-7）的音，與「召」、「肇」同。

本文拼音參考。

漢字	十五音	羅馬音	台羅拼音	台語同音字
刁	嬌一地	tiau	tiau	朝、貂
雕	嬌一地	tiau	tiau	朝、貂
肇	嬌七地	tiāu	tiāu	召

396
落漆

　　近幾年有些流行用語，似乎是台語影響到北京語的，例如：

　　「白目」，有點「不長眼、不知好歹」的意思，特別是指做了不該做的事。

　　「三八」之前曾提過，但這是一個起源有爭議的詞，以前在台語多用在指女生不正經，現在並無性別的區分，指傻氣，有糊塗的味道。

　　「尚青」是「上鮮」的誤寫，最新鮮的意思。這是在伍佰代言台灣啤酒廣告後特紅的詞彙，它還成為年度流行語。

　　「犁田」是指摔車、撇輪，特別是騎摩托車摔車，車頭沒控制好而翻覆在地上，就像牛犁在犁田一樣。

　　這幾年還很流行一個詞「掉漆」，台語寫為「落漆」，引申為「遜掉了」。教育部《台灣閩南語常用辭典》的解釋是一、油漆脫落，例：「壁落漆（牆壁掉漆）。」二、動詞，「出糗、遜掉了」，現代年輕人多用以比喻因為表現失常、失誤而令人感到難為情，有時也指美中不足的小瑕疵，例：「我規塊歌攏唱曷誠好，結果上尾句煞必叉，有夠落漆（我整首歌都唱得很好，結果最後一句卻破音，真是遜掉了）！」，意思與「失體面」、「落

氣」、「落殼」相似。

不知道「落漆」是怎麼冒出來的，但讓我想起一個詞「落漈」。

「落漈」，在閩南語，本來是用做「落難」或「窮途」的意思，宋《集韻》：「漈，水涯。」元史《瑠求傳》：「瑠求，在南海之東，漳、泉、興、福四州界內。澎湖諸島與瑠求相對，亦素不通。溪南北岸皆水，致彭胡漸低；近瑠求則謂之落漈；漈者，水趨下而不回也。」因此，「落漈」，用做「落難」或「窮途」的意思。

不過，似乎後來「落漈」有了不同的用法和解釋，用來形容一個人東西亂丟亂放，以至於常常找不到，或容易掉東掉西，我們會說：「這個人足落漈兮！」「漈」，【嘉三曾】（che-3），而「漆」，讀【干四出】（chat-4），二者是有那麼一點點接近，但至於「落漆」跟「落漈」是兩個完全不同的概念或是因為被誤用就需要再查考。

本文拼音參考。————————————————

漢字	十五音	羅馬音	台羅拼音	台語同音字
漈	嘉三曾	chè	tsè	際、債
	瓜三曾	choà	tsuà	--

後記 ◆ ────────────────────────────

　　葉先生回應：「請問落潒beh按怎講？我tsai-iánn有lóh-tse，教典寫做落災，意思佮你寫ê落潒差不多，毋過佮落漆ê音爭差kài tsē。毋bat聽過落潒，查〈教典〉、〈台日典〉嘛無。元史瑠求傳的落潒，應該是形容海流？」

　　「潒」是【嘉三曾】（che-3）的音，與葉先生提到的「落災」有點近似，而與「落漆」差異很多沒錯。文中提到「落漆」引起我聯想到「落潒」，而「落潒」是元史瑠求傳用詞，它原意是海流，而因這海流導致滯無法返回故引申落難。另一方面，形容做事不牢靠是長輩告知的用法。至於這中間是否有走音、引申或誤寫，確實需進一步考證。

397

砜仔

讀《千金譜歌》時讀到一句話：「三餐五味，四撇一碗湯。」

首先需要說明的是，過去的歌本許多為了方便傳唱，有時會將連音詞寫成一個字，用字不一定是對的。因此，歌本的用字不能盡信之。今天要談的就是一個難以令人同意的字──「撇」。

台語將碟子、盤子統稱「砜仔」，小的，像是醬油碟子我們稱「豆油碟仔」，大的圓盤或方盤稱為「盤仔」，中間大小的盤子或碟子都可以稱為「砜仔」。

教育部《台灣閩南語常用辭典》解釋：「砜」是量詞，盤、碟，計算盤形物數量的單位。「大塊砜」是大盤子，教育部也提到千金譜說的「四撇一碗湯」，就是「四砜一碗湯」，亦即四盤菜、一碗湯。

千金譜會寫「四撇一碗湯」不是沒有原因的，因為，在《康熙字典》中，並沒有「砜」這個字，而在《彙音寶鑑》中，讀為「撇」字音的【堅四頗】（phiat-4）也沒有「砜」這個字，只有「撇」、「丿」、「瞥」、「擎」、「鱉」等字。既然找不到這個字，我們就用這新字「砜」。

「碟」通常是直徑兩吋的扁平容器，它讀做【居七地】（tih-7），沾醬油的小碟子叫「豆油碟仔」。

關於「盤」，它讀做【官五邊】（poaⁿ-5），石盤又盤碟也，或【觀五邊】（poan-5），呈物之器也。它常被誤用，當作是「笨蛋、傻瓜」，寫為「盤子」，指不夠精明，不通人情世故，容易被騙的人；而教育部《台灣閩南語常用辭典》建議寫為「盼仔」，例：「你不通互人當做盼仔（你不要被人當做傻瓜）。」這個詞最常被用於買東西買貴了，當凱子、冤大頭的時候。

不過，劉建仁先生也提出「盼」字並無愚笨的意思，他的建議是「疧」，字典中採用這個字的有《綜台基》、《國台》、《台語正字》及《台語字彙》等書。

呵呵，又是一個需要新造的字，出版社又會多收我一個造字的費用，但我相信這是值得的，讓大家知道這個字，我不是「疧仔」喔。

本文拼音參考。

漢字	十五音	羅馬音	台羅拼音	台語同音字
砒	堅四頗	phiat	phiat	撇
碟	居七地	tīh	tī	治、箸
盤	官五邊	poâⁿ	puânn	磐
	觀五邊	poân	phuân	磐
盼	干三頗	phàn	phàn	闊

398

了然

有一次和初中老師、同學聚餐，不知怎地聊起皈依、素食，老師說他也皈依了，禪師還依輩分給他取了一個讓他哭笑不得的法號—「了然」。

台南市有所謂「四大名匾」，分別是天壇天公廟的「一字匾」、城隍廟的「爾來了匾」、祀典武廟「大丈夫匾」以及竹溪寺的「了然世界匾」。

這幾個匾額之所以特殊，原因之一是其中有三個不同於一般的匾額是四個字，「一字匾」只寫了一個「一」字；其次，這些匾寫的不是「保生濟民」、「慈航普渡」、「恩澤永被」、「靈昭誠佑」、「護國庇民」之類的話，而是有不同的警世寓意：「爾來了匾」的「爾來了」高懸在城隍廟裡格外震懾警惕，武廟的「大丈夫匾」「大丈夫」三字，充分傳達了關聖帝君的氣概與神威，竹溪寺的「了然世界匾」，則是從另一個不同的高度看待人世。

「了」是「瞭」，「了然」是「明白」或「瞭解、明瞭」的意思。唐朝白居易寫的詩〈睡起晏坐〉：「澹寂歸一性，虛閑遺萬慮。了然此時心，無物可譬喻。」《三國演義》第四四回：

「將軍以軍數開解，使其了然無疑，然後大事可成。」司馬光《資治通鑑》〈魏紀〉：「明帝青龍元年，選曹上書陸瑁上疏曰：『若淵狙詐，與北未絕，動眾之日，唇齒相濟，若石了然，無所憑賴，其畏怖遠併，或難卒滅。」古文許多寫的都是「了然」，我們現在用的成語「一目了然」也是用「了」字，就是「明白」的意思。

承上引述，老師屬「然」字輩，「了然」也是一個很有意思的法名。當人在遇到大打擊後，徹底地「明白」命運，把事情看得很淡，或是有「看破」的心灰意冷，稱為「了然」。

但是之所以令他哭笑不得的是「了然」在台語有另一種引申的意思，被單純地用在於「枉然、枉費」，例：「這个囡仔欲食不討趁，有夠了然（這個孩子只顧白吃不肯賺錢，實在枉然）。」老師開玩笑地說禪師大概以為他這輩子是「了然」了。

如果您有興趣，或是有機會到台南，不訪去看一下這五個匾額。五個？是的，因為有兩個天公廟掛的都是「一字匾」。

後記◆

余先生在粉專上留了「李了然」三個字，我說：「哈哈，我沒了然，我的老師是『莊了然』」。不過我相信禪師的意思應該不是這樣。後來，我才發現有位讀者叫「李了然」。

吳先生補充：「了然、扶挽、煞著、破格、衰潲去、無采、白了……攏差不多，無采工！」

狐爾摩斯先生說：「用國語講了然罵人具有正面意義，應該不會被法院判賠3000了……好！」我看還是不要好了……

399

詈

　　有個傳說：明末清初，百姓自發將「箸」改為「快兒」，原因是百姓窮困，人人都有求吉利、討口彩的心理。筷子千百年來都稱「箸」，而江南水鄉的漁民和船民最忌諱「住」與「蛀」，撐船希望「快」，不要停住，因此將「箸」改為「快兒」；之後有文人認為江南「快兒」皆為竹製，所以加個竹字頭，以和「快」的本意加以區別，於是中國又新造了一個漢字——「筷」。

　　不過這個改名並似乎未影響到距離遙遠的閩南，我們台語還是保留了三千年前的用法，說「箸」。

　　還有一個台語保留古時候說法的例子。《尚書》〈周書無逸〉記載周公勸勉周武王：「小人怨汝詈汝，則皇自敬德。」意思是說若當小人埋怨你，背後刻薄地罵你時，要更加謹慎自己的德行；《禮記》〈曲禮〉紀錄孔子教導學生「笑不至矧，怒不至詈」，意思是說可以笑，但不可笑到前俯後仰；可發脾氣，但不可罵起人來尖酸刻薄。

　　這裡用的罵人的動詞是「詈」，北京語已經不太用，但是台語還留著。「詈」，是動詞咒罵，例：「伊串做攏是顧人怨的事

誌，莫怪互人詈曷無一塊好（他老是做惹人怨的事，難怪被罵得一無是處）。」

再看《楚辭》〈離騷〉：「女嬃之嬋媛兮，申申其詈予。」句中說「我美麗的姐姐女嬃，一再的數落我的不是」；在《戰國策》〈秦策〉：「乃使勇士往詈齊王。」這是發生於戰國時代的故事，楚懷王派勇士宋遺去辱罵齊宣王。

我們發現上古時代的文獻記載的多為「詈」，到了《史記》〈魏豹彭越列傳〉：「今漢王慢而侮人，罵詈諸侯群臣如罵奴耳。」才出現「罵詈」的同義複詞。在東漢，《說文解字》：「詈，罵也。」可見東漢時「詈」、「罵」，二字同義。佛經裡也常出現「罵詈」，南齊《百喻經》〈婦女欲更求子喻〉：「時此婦女便隨彼語，欲殺其子。傍有智人，嗤笑罵詈。」。

不過，也有一種說法說「罵」與「詈」是有分別的，「罵」多指情緒激動的爆粗口；「詈」則係冷靜的言語數落，用詞便難免尖酸刻薄。但是這樣的說法並未看見有明顯的證據佐證，倒是在閒聊時從長輩的口中得到一個性別不平等的解釋，父親說我們那裡，稱男性罵人為「罵」，稱女性罵人為「詈」，如果如前所述「罵」是激動的、「詈」是冷靜的，某個程度上可以相信它的合理性。

「罵」，【嘉七門】（me-7），「詈」，【嘉二柳】（le-2）。

如今，北京語中只剩下「罵」字，「詈」字卻消失了，她還留在台語，只是，一樣逐漸被淡忘中。

本文拼音參考。————————————————————

漢字	十五音	羅馬音	台羅拼音	台語同音字
罵	監七門	$m\bar{a}^n$	mē	嗎
詈	嘉二柳	lé	lé	禮

後記。————————————————————

補充甘先生說：「有聽過罵人的：咒、懺、詈！」

400

壹著

許多Youtuber都會邀請觀眾「開啟訂閱小鈴鐺、按讚、點關注」。

「讚」是從英文「Like」來的，「讚」的北京語是「稱美、頌揚」，如：「讚不絕口」，《鏡花緣》第三八回：「越看越愛，不覺讚好。」

教育部《台灣閩南語常用辭典》說「讚」是「很好、很棒」，例：「這台腳踏車真正有夠讚（這台腳踏車真的很棒）。」但也說它是個替用字，因為「讚」的讀音應為【甘三曾】（cham-3），而不是我們常說的【干二曾】（chan-2），但是「有夠讚」、「誠讚」、「足讚」已經是很普遍的用語。

在網路上，「讚」的圖示是個比向上的大拇指的拳頭，印象中這個動作沒有特別的台語名詞，一般稱為「比大指頭拇[1]」，倒是「關注」讓我想起一個現在也是很少用的的詞彙—「壹著」。

這個現在已經不太常用的詞「壹著」，也關心的意思。維樵伯是父親年輕時在學校的同事，也是情同手足的好朋友，大姊和哥小時候常常被他抓去剪指甲，後來他轉換跑道從政、搬到台

南市區，至今每次和父親通電話，都會問起每一個人的現況，爸說：「伊不時就加凭壹著。」台語說「關注」，也可以說「致重」、「對重」，不過他們比較偏「重視、著重」，例如：「不通傷對重學歷，著對重學習能力較實在（不要太過重視學歷，要重視學習能力才比較實在）。」一般表示「關懷、掛念」都用「關心」，例：「伊真關心老大人，定定去養老院拜訪（他很關心老人家，常常到養老院拜訪）。」）

「關心」的反義詞除了「無關心」，還可以用「無對心」、「無致心」、「放外外」。「放外外」正確的解釋是「表現出事不關己的樣子」，例：「你不通逐項事誌攏放外外。」也可以說「激外外」，例：「伊大細項事誌攏激外外，不肯加人鬥相共。」

「放外外」也可以說「放放放」，要注意的是第一個「放」讀【江三邊】（pang-3），第二與三個「放」讀【公三喜】（hong-3）。「放放」是「散漫、馬虎、草率不認真」，例：「伊的個性放放，無適合做這項事誌（他的個性散漫馬虎，不適合做這件事）。」

「放」的另一個讀音是【公二喜】（hong-2），與「情況」的「況」同音，而因為北京語的「況」聲母是「ㄎ」，所以很多人以為「情況」的「況」讀做【公二去】（khong-2）。

為了改善台語被誤寫的現象，我們希望有更多的人能「致重」台語的保存，不要再「放外外」，時時刻刻「壹著」台語的正確用字，「對重」台語的復興，對於關懷台語發展的人和文章多給他按「讚」。

本文拼音參考 ◆━━━━━━━━━━━━━━━━━

漢字	十五音	羅馬音	台羅拼音	台語同音字
放	江三邊	pàng	pàng	--
	公三喜	hóng	hóng	況
	公二喜	hòng	hòng	仿

後記 ◆━━━━━━━━━━━━━━━━━

　　葉先生回應說：「請問，壹着敢是it-tioh？若是it-tioh，kán-ná毋是你講ê意思。」他提到用ChhoeTaiGi的資料，說it-tioh（漢羅）解說為「想beh ài；ǹg望。」例：～～錢。或（日文）解說為「慕[した]ふ。思[おも]ふ。戀慕[こひした]ふ。戀[こひ]しがる。慾[ほし]がる。冀[こひねが]ふ。例：憶--著錢[it--tioh chîⁿ]＝錢[ぜに]を欲[ほし]がる。

　　希希媽咪識童繪與跟著造句：「你ê迷眾頁予我憶--tioh，所以我跟綴牢牢！」

　　不過葉先生上面提到的it-tioh寫為「憶着」，是讀為「ik-tioh」，跟「壹着」不同。網路上有些討論，有中部人說是「乙」的音，只「值得信賴、託付、勤勞受肯定的人」，「乙」和「壹」同音，但和「憶」不同，我相信「憶着」和「壹着」是兩件事。

國家圖書館出版品預行編目

消失中的臺語：我聽你咧歕龜 / 陳志仰著. -- 臺
北市：致出版, 2024.02
　　面；　公分
　　ISBN 978-986-5573-79-9(平裝)

　1.CST: 臺語 2.CST: 詞彙

803.32　　　　　　　　　　　113000659

消失中的臺語
──我聽你咧歕龜

作　　者／陳志仰
出版策劃／致出版
製作銷售／秀威資訊科技股份有限公司
　　　　　114 台北市內湖區瑞光路76巷69號2樓
　　　　　電話：+886-2-2796-3638
　　　　　傳真：+886-2-2796-1377
網路訂購／秀威書店：https://store.showwe.tw
　　　　　博客來網路書店：https://www.books.com.tw
　　　　　三民網路書店：https://www.m.sanmin.com.tw
　　　　　讀冊生活：https://www.taaze.tw

出版日期／2024年2月　　定價／420元

致 出 版　　　　　　　　向出版者致敬